Tiptoe
踮脚张望

寂地 著

本书献给我的母亲

目 录

6　新版序

8　Illustration
　　章节彩色插画

33　Novel
　　一　林晓路的城堡与花园

51　二　耳光响亮

71　三　鹤与猴子的雀跃

105　四　平行与交错的空间

125　五　黑夜尽头

155　六　好汉哪里来

191　七　那些我们不会懂的事

205　八　苦的东西只有苦瓜而已

225　九　"我能够了解你为何灰心，但请你在最后不要放弃"

237　终　林晓路拯救世界

243　Comic
　　特别附录《踮脚张望》创作手记

新版序

巨蟹座的性格作祟，总是无法干脆利落地放下过去。所以七年后有机会重新出版这部小说时，还是做了很多调整和修改。

这过程，像坐上时光机，回到过去的记忆里。那时我经过一座花园，一朵小花飘落进手心，我将它放入口袋。后面的旅程，也许我忘了它的存在，但它一直在我口袋里，静静地散发芬芳。

后来，我路过很多花园，看过很多奇珍异草，但那第一朵飘落进掌心的小花，总有无法取代的意义。就像青春期反复吟唱的歌曲，读过的书，看过的电影，就像林晓路的韩彻，在不知不觉中，让我明白了未来的方向。

那时我收到过看不清未来的伤心留言。现在，我将七年后收到的幸福消息带回旧时光里说给你听。

那时你说，你因为失恋伤心再不相信爱情。后来，你遇到了让你幸福的人，现在的你成了一位母亲。

那时你说，你羡慕着我可以自由生活又做自己喜欢的事，后来，满世界都是你的足迹。

那时你觉得，高考很黑暗需要一点点勇气，后来，你考上了理想的大学。现在，都已经工作了吧。你沉重的心事，早已云淡风轻。

那一年和成长有关的小说，后来，变成了我们的怀旧情绪。

林晓路的故事，就写到这里了。而我们的故事，还在继续。

如果你在失眠的夜晚，想起一些过去的事。也许，可以再翻翻这本书，来一次时光旅行。那朵记忆里的小花，依然躺在你的口袋里，散发着悠悠的香气。

寂地

二〇一四年一月

在破蛹而出前的黑暗中,
伸出手,我把跳跃在掌心的阳光给你。

一 林晓路的城堡与花园

林晓路，是我的名字，妈妈说，「晓路」这个名字的意思是，我会知道自己的路该怎么走。即使我浑浑噩噩地游荡在幻想里，或者畏缩在自卑的躯壳里时，妈妈也只是笑着看我，她相信，我知道自己该怎么走。

二 耳光响亮

有时，我会害怕。
蟑螂从脚边爬过会害怕。
看了恐怖电影一个人留在家里会害怕。
招惹了学校里张牙舞爪的女孩会害怕。
但我最害怕的，是将我当成异类和弱者的冷漠目光。

三 鹤与猴子的雀跃

有时,我会羡慕。
女孩漂亮自信的模样让我羡慕。
富家小孩的阔绰从容让我羡慕。
但我最羡慕的,
是一个充满冒险的五光十色的华丽人生。

四 平行与交错的空间

年轻时，我们的心脏都是比较小的。一点痛苦放进去，都显得大。长大了的人，心脏就变大了。即使更大的悲伤装进去，也照样可以冷漠地离开，平静地遗忘。所以忍耐吧。有天我们的心脏会长得比悲伤大。

五 黑夜尽头

她们的爱情与我擦身而过,青涩却汹涌。

我所有的只有一小片烛光。

只有看清楚黑暗中的他们暧昧的面孔,

他们神色中的仓皇与悲伤,

幸好,我都还不懂。

六　好汉哪里来

当你害怕的时候，
可以假装轻松地笑。
可以轻松地笑，
人生就会过得比较容易。

七 那些我们不会懂的事

时光飞逝,
你们的爱丢失在哪里?
我藏起过一片记忆,
它记录着你们自己都已遗忘的开始。
没有意义,一切已被否定,
来不及。

「泉涸,鱼相与处于陆,相呴以湿,相濡以沫,不如相忘于江湖。」
——《庄子》

八 苦的东西只有苦瓜而已

郭潇悦说：

嘲笑你的人，不一定有你高明。

觉得自己比你酷的人，

有时是自卑的内心需要外在证明。

这是我自己的人生，干嘛要他们来觉得满意？

小蔓说：世界大生命长，风光太灿烂，生活太琐碎平凡。还有广阔的天地呢，不能为了一个人就被困在生活的泥潭。

大叔说：假如不能相濡以沫，也不能相忘于江湖呢？广阔的天地，只是一个更大的泥潭罢了。

九　『我能够了解你为何灰心，但请你在最后不要放弃』

不知道什么时候开始，你们把心情的光线折射进我心里。虽然有时感受了你们的悲伤。却开始觉得心里满满的，有了重量。

流淌过耳边的那些声音,
太多的歌曲在唱着:
爱是精致美丽的情绪,
是自私的占有和激情,
宁可为失去而哭泣也不要败给爱情。
只有过时的情歌还在唱着:
守护,忍耐,付出,信任,分享……
那些渐渐被遗忘的词语。

「你不要失望 荡气回肠是为了 最美的平凡」
——《爱情转移》

我们内心膨胀起来的爱和恨,
开始了蠢蠢欲动的挣扎。
穿越这个梦境,等待夏天过去,
就要破茧而出。

这不是一个理想的世界,
但还算OK。

一
林晓路的城堡与花园

引子/

    林晓路蹦蹦跳跳地在林荫路上一路小跑，看着脚下起起伏伏的树影，嘴里哼着轻快的歌谣。妈妈和姨妈在几十米外小声说话。

    "上星期蕊蕊让我给她买了文胸。蕊蕊真乖，什么事她都自己处理得好好的，完全不让我担心。"说起蕊蕊，姨妈的语气中总是带着骄傲。蕊蕊确实值得姨妈骄傲，文静又懂事，在重点高中读书，一直保持着全年级第一的成绩。

    "晓路也快要发育了吧，你要多留意一下她的变化。这孩子感觉懵懵懂懂的，像没睡醒似的。"

    妈妈的目光和午后的阳光一起，落在林晓路蹦蹦跳跳的背影上，她知道姨妈话里的意思是：这样一个没长醒的小孩，未来该怎么办才好呢。

"嗨,不用担心。顺其自然吧。她会晓得自己的路怎么走的。"妈妈笑着说。

这些对话并没传到林晓路耳朵里。她正站在一棵千年古树巨大的树阴里,将带有树叶清香的空气吸进肺里。她眯起眼睛抬头看阳光在树冠顶端倾泻下的光斑。

她伸出手,接住一块明亮的光斑。让它在自己的掌心中微微跳动。

1 / 一桩盗窃案

成都二十五中晚自习后。

高二(2)班的林晓路正站在学校的海报橱窗前,慢慢戴上白手套,看着暗淡的灯光下一张不起眼的画。它在海报橱窗的角落里,有一个角已经微卷了。

吸了一口气。然后屏住呼吸将它从看板上一点点地剥落。三天前她就已经认真地考察过,它是一张高度20厘米,宽度14厘米,被双面胶贴在木质看板上的牛皮纸。

感谢那个因削减预算购买了劣质双面胶的人,最后一点粘连的地方也完美无缺地脱落了。

林晓路松了口气,小心地将画夹入笔记本中为它预留好的位置,拿出三天前就准备好的同样大小材质的牛皮纸(角落的位置贴着杂志上剪下来的字母"L")贴回原来的地方。

她像个完成了机密任务的江洋大盗,表情得意地欣赏着自己的犯罪现场,然后骑上喷气摩托……不,是自行车,扬长而去。

次日,林晓路继续以纯良无辜的学生身份,若无其事地走进了校园。

刚踏上操场,一群全副武装的警察就从沙坑里蹦了出来,用手枪指着林晓路,对她大喊道:"你已经被包围了!不要做无谓的抵抗!"

她镇定地用眼角的余光朝学校的海报栏扫去。那里已经围起了警戒的黄线。

最前排的警察对她喊话道:"昨天晚上这里发生了一起盗窃案,你是最后一个离开学校的人,有重大嫌疑,应立刻执行抓捕!"

林晓路冷冷地笑了,说:"拿出证据来!"

警察无计可施。案发现场根本没有林晓路的指纹,盗窃罪无法成立。

嘿嘿嘿……

马路上飞奔而过的车辆不耐烦地按着喇叭,将林晓路从幻想中拉了回来。

过了马路,就是二十五中了。这是一所艺术职业中学,这里的学生每个星期上三天文化课,两天专业课,学习素描图案设计,有时候还要收集一些破铜烂铁做立体构成。星期二早上七点三十分,和其他高中一样,操场上挤满了刚到的学生,欣欣向荣一派嘈杂。讨论着昨天的作业、同学的八卦、偶像剧的情节。

林晓路一个人安静地穿过他们。她中等偏高,较瘦。有一张亲切安静的大众脸,留着不起眼的蓬松短发。穿上校服后,她毫不费力地潜入红白蓝校服的学生海洋里,和那张失窃的画一样,根本无法引起任何注意。

她平安地走进了教室,没有警戒线也没有警察,只有怒气冲冲的数学老师将一叠卷子用力丢到讲台上，粉笔灰像腾起的烟雾，落在前排同学的鼻尖上。

今年才从普通高中调来的数学老师，面对艺术生惨不忍睹的成绩欲哭无泪。不得不通过激烈的肢体动作来加强自己微弱的存在感。林晓路翻开自己的卷子，她涂鸦的机器猫在16分旁边向她微笑，批阅试卷的笔迹愤怒得将卷子都戳穿了。前后左右的同学考试成绩分别是：18分，12分，6分，23分，32分。

"数学一样要计入高考成绩的！你们这些艺术考生啊，连三角函数的公式都背不下来。这是基础知识啊！"

三角函数公式在日常生活中有用么？林晓路低头在卷子上，继续画起了考试时未能完成的涂鸦。

林晓路在高一下半期的时候，转学到这里。可以在课堂上画画，数学考试16分还算是中等成绩，和同学保持着半生不熟的友好关系，老师总也想不起她的名字，可以肆意在课堂上发呆不必担心忽然被问题突袭。这里对她来说就是天堂了。她在笔记本上涂涂画画着，在习惯性的走神中陷入了无关痛痒的回忆里。

2 / 拯救世界与离婚协议

林晓路八岁那年，冷战两年的父母终于决定离婚。八十年代末期，离婚算一件比较严重的事，为了林晓路，妈妈曾想过委曲求全咬牙坚持。爸爸让小三阿姨怀孕的事终于让妈妈下决心签了离婚协议，辞职去了别的城市。在飞机还不那么普及的年代，妈妈在遥远的海南岛找到了新工作。

林晓路从乐山小学转学，去了小县城继续念书，和外公外婆一起度过。三姑六婆亲戚们有段时间总担忧地摸着她的头说："真可怜，这么小就没爸妈管了。"其实林晓路不介意没爸妈管这件事。那时她心系天下的安危，关心着动画片里拯救世界于水深火热之中的圣斗士。

父母离婚的细节，林晓路只记得她生平第一次喝罐装可乐。那时才刚进入中国市场的铝制可乐罐被林晓路当成珍贵的见面礼送给表姐蕊蕊。蕊蕊用铝罐为林晓路做了个小河灯。林晓路将小河灯放到河里，点上蜡烛许了一个心愿："希望圣斗士能顺利拯救世界。"——父母离婚算什么，世界的安危比这严肃多了。

可这载着她心愿的河灯立刻就沉了。

蕊蕊忧伤地凝视着晓路失落的背影，以为她许下的心愿是爸爸妈妈能重新在一起。但孩子纯真的希望敌不过现实的残酷，表姐感慨万分，挥洒墨水写下了一篇催人泪下的《谁来给她爱》。优美的措辞独特的视角让蕊蕊的语文老师大加赞赏，推选它参加了作文比赛，还被收录到了在县城的小学老师眼中，代表着最高文学水平的《小学生作文大全》里。

林晓路父母离婚的事，也因此得到全校老师的关注。小县城的教学生活平淡至极，喜欢八卦的女老师们更是在规范的框框里过着一板一眼的生活，不敢落下让人戳脊梁骨的把柄。离婚丢下女儿去了外地的林晓路妈妈，她们连面都没见过，就下了"肯定是这个女人太没责任心"的结论，开始将林晓路视做没了妈的孤儿来同情。

某天上课的时候，一位戴眼镜的中年女老师叫林晓路起立，她深情地告知全班同学林晓路来自一个背景特殊的家庭,一定要多多关心她。同学们目光炙热刷刷地望向林晓路,她觉得自己像是被暴露在聚光灯下的小老鼠,尴尬得找不到地方藏起受伤的隐私。

全班同学怜悯的目光朝她压过来,她觉得自己快窒息了,就对那位好心的眼镜女老师说:"老师,您放心吧,我很好。我父母结婚的时候太年轻了,不知道什么适合自己,重新开始还不算太晚。这对他们来说都是好事,我很高兴他们离婚了。"

也许是因为林晓路的这番话,冒犯了在无趣的婚姻中坚持了二十年的老师,她扶着因为惊讶而滑落的眼镜,失态地尖叫道:"你这小孩心灵怎么这么扭曲!就是因为有你这样的小孩,父母才会离婚!"

居然希望父母离婚,多扭曲的心灵啊。炙热的同情目光在班主任的尖叫声中被冰冻成厌恶排斥的眼神。

于是,整个小学期间,林晓路都没有朋友。

如果你没有很多朋友,也许就会有一颗想象力异常丰富的大脑。也许孤独的小孩都会去非现实的世界里找寻安慰,在漫画以盗版的形式铺天盖地进入中国的时候,林晓路漂浮在印刷劣质的纸片构筑的海洋上,搭乘着它们去了希腊、古埃及、凡尔赛、外太空……见证了被印坏的网点覆盖着的二维空间里发生过的种种惊心动魄的事件。

从漫画书中走出来的纸片小人环绕在林晓路周围,为她搭建起一个安全堡垒。没有朋友的她半只脚踏在梦境里长大了,现实世界里的任何东西,都不曾清晰地投射到她的视线里。

直到转学来二十五中的两个月后,林晓路走过学校黑板报,惊鸿一瞥地看到了某个现实世界里的人类。

3 / 当夕阳倾斜到完美的角度时

那一刻发生在初夏的夕阳余晖中,一切都被淡金色笼罩着,安静的校园弥漫着清新的草香。当值日生的林晓路打扫完教室,推着自行车路过操场。

有什么缤纷绚烂的东西闪烁在她的余光里,她停下脚步,侧目观看,那是一片用粉笔描绘出来的美丽无比,梦境一般的欧式建筑物。

一个瘦瘦高高的男生,正背对着她,用心地画着。

林晓路在他背后五米远的地方,屏住呼吸呆呆地看着他画出一道道光芒。她为自己建起的结界在这一刻崩坏了,林晓路幻想世界里的纸片小人们统统谢幕。守护了她多年的堡垒,裂开了一条缝隙。

不知过了多久,男生下意识地回了一下头。林晓路像受惊的猫咪"腾"地跳到自行车座椅上,踩着脚踏板一溜烟地逃走了。没看清他的模样。只记得他的校服后面,有一片溅开的黑色墨水点,被洗得有点发蓝。

然后,那男生就消失了。

整整三个星期,林晓路想尽办法假装自然地以各种姿态在那块黑板前逗留徘徊,都没再见到那个墨水点男孩,好像他根本没存在过。林晓路失落的同时,也构思出一个美丽的故事。

也许那个男生并不是人类,而是学校里的一个鬼魂,善良并且孤独。在每个办黑板报的日子才会出现。

他死于几年前的一场车祸——那也是一个夏日的黄昏。他一个人安静地在学校画黑板报到天黑,回家路上,一辆失控的汽车撞上了他。

死之前他还记挂着他的黑板报没画完。

也许在那时候,也有一个女生默默地喜欢着他,在学校广播播出他死亡的消息时,女生悄悄地去了黑板报前低声哭泣。没有人明白这个女孩的心情。

林晓路被自己幻想出来的这个故事的悲伤情绪感染。每次经过黑板报看到那张画时,总要放慢脚步深深地叹息,觉得心中有万般的愁绪。

4 / 墨水点白皮书

早上第二节课下课铃声和急促的《运动员进行曲》如雷贯耳地响起,是课间操,林晓路最不喜欢的事情之一。尤其是她心里感觉非常 blue 的时候。

学生们挤成一团从狭窄黑暗的楼道里涌出,散开,扑向操场。林晓路慢吞吞地挪动着,像颗弹珠在狭小的空间里被撞来撞去。

忽然,像幻觉似的,朝思暮想的墨水点在前方拥挤的白底校服上晃动着,目光随着墨水点移动,视线里的一切变成了慢放的镜头。那个瘦瘦高高的背影在楼道尽头显现了完整的轮廓。原来他真的存在!

墨水点移动到高二的位置站定了,距离林晓路五十四点七二米,和她一样万分不精神地比画着广播体操的动作。

林晓路的脑海里忽然奏起了欢乐颂,哈利路亚!她的调查工作在山穷水尽之时,忽然有了重大突破:

1. 墨水点男生是个大活人。

2. 他是高二（1）班的学生。

　　走过去问个好认识一下也不会死的。但林晓路永远也做不到这一点。当其他高中女生忙着一放学就脱下难看的运动校服，露出被紧身衣包裹着的、刚刚成型的稚嫩曲线，急切地投入到萌动起来的情愫中，轰轰烈烈地把还未成熟的身心撞向世界的时候，林晓路却像只害羞的寄居蟹，缩在壳里胆小地露出两只眼睛，悄悄地凝望着自己的爱情。一有风吹草动，就立刻缩回去，假装自己只是个躺在沙滩上的空海螺壳而已。

　　林晓路只敢在广播体操时间悄悄观察墨水点男生。但一点也不妨碍她严肃认真地面对这件事情。

　　她选了一本白色封面的笔记本，慎重地在封面写下"墨水点白皮书"几个工整的大字。又为它包了一个伪装用的书皮，在上面写了家人和同学永远没兴趣去翻开的题目：《高中数学复习材料》。她将观察到的和墨水点男生有关的一切，认认真真地记录到这本白皮书里。

　　她了解到，墨水点男生也喜欢独来独往，至少在来去广播体操的路上，他总是一个人晃晃悠悠地被人群拥挤着滑到操场上，做完广播体操又一个人慢悠悠地踱回教室里。

　　她画下了墨水点在他背上的分布图，临摹了他画的那片建筑，写下了她幻想的悲伤故事，甚至记录了每天的广播体操时他的情绪——其实从一个五十四点七二米远的背影里很难看出太多情绪。观察了好些日子后，他对林晓路来说，依然是个解不开的谜题。

　　她很想对墨水点男生有更多的了解，想将调查衍生到校外去，可惜那时她还是高一生,不上晚自习,无法在放学后展开对他的跟踪调查。下午最后一节课结束,推着自行车离开的时候,林晓路总要望着高二(1)班的教室发出一声叹息。

5 / hán chè

暑假之前的最后一次课间操结束后,大家站着听校长训话。空气中弥漫着放假前的欢畅气氛。林晓路呆呆地盯着墨水点男生的背影,想着暑假的两个月都看不到他了,开始在自己的小忧伤里旋转起来,走神走得魂都没了。

耳边忽然炸开一个声音:"hán chè!你给我过来!"

林晓路吓得猛一转头,看到了教导主任怒气冲冲的脸,赶忙站直恢复常态。

墨水点男生回过头,朝着林晓路小跑过来。咦?他发现我在调查他了!?她的心狂跳起来。

可她的脸还没来得及因为害羞而发红,墨水点男生就已经擦着她的肩膀,向她身后的教导主任跑去。只剩一缕他和空气摩擦产生的风,轻轻地挠过林晓路的脸。

即使是这细微的一缕风,也让她的世界天朗气清了。

哈利路亚!真是叫人心花怒放的一天。

林晓路很想听听教导主任对他说些什么。但广播中响起一声解散,同学们的欢呼淹没了他们的声音。她想装作系鞋带,低头看到自己穿的是一双没有鞋带的平底鞋,肠子都悔绿了。

hán chè
韩彻

查了所有读音，只有这两个字才可能组合成像样的名字。

6 / 作业的关键是文字的疏密关系

高一下半期结束。领期末考试成绩那天，林晓路愁眉苦脸地来到学校，担心着自己会拖低全班的平均分，像以前一样被老师记恨。可她居然考了五十六个同学中的第二十四名！上了这么多年学，林晓路第一次体会到考试成绩中等，是如此自由畅快的感觉。她开心得想跳起来绕场一周同全班一一击掌，张开双臂大喊："我终于找到组织了！"

她放下心来，相信自己终于可以重新开始，告别万年垫底生的黑历史。

可教政治的班主任老师偏要叫人回忆黑历史，暑假只布置了一个作业——总结一篇，题目《我过去的学习生活》，要求一千五百字以上。她语重心长地说，初中三年和高一很多同学都是迷迷糊糊过去的，明年你们就高二了，眨眼你们就高三了，应该好好回想下过去的学习生活里有哪些不足，在未来又该怎样努力……

"我过去的学习生活……"

林晓路皱起眉头抄下这排字后，蹬着自行车，奔入睡意朦胧的暑气里。

暑假进入尾声。语文作业三篇自由命题的作文对林晓路来说毫无难度,她洋洋洒洒地写了《暑假里的一天》《撒哈拉的幻想》和《我真的不懂三角函数》。

其他作业都在内容丰富编排合理分量适中还附送答案的《暑假生活》上。数学部分的答案被裁掉了,但没有关系,林晓路很快就做完了。她用工整的字迹抄满自己完全不懂的公式,并注意了疏密排列。

英语老师没裁答案,她知道没有答案学生一定乱写一气,只苦口婆心地要求大家抄答案的时候尽量想想为什么,不要只是抄。林晓路欣赏这个老师的看得开,认真地抄完了英语作业。

设计作业她尝试用韩彻笔下的建筑物做构成设计。它被从黑板上擦掉的那天起,林晓路对它的印象渐渐模糊,它在她的记忆里幻化得越来越美丽。但自己笔下的建筑物都七歪八扭地在纸上抽筋着,怎么也画不出记忆中的美感。

暑假接近尾声,林晓路才头皮发麻地写那篇总结。把排场话翻来覆去地换各种句式讲一遍,再把废话填充到极限,数来数去还是少那么几百字。

初中生活,总也落不下笔。

6.5 / 被林晓路刨坑埋了的记忆

林晓路上初中的那年,爸爸觉得她还是该到市一级的学校念书,便把林晓路从小县城接到了乐山。

在林晓路忙着操心世界安危的时候,那个被外公外婆三姑六婆说成"破坏家庭的坏女人""狐狸精""不要脸"的小三阿姨已经成了爸爸正大光明的合法妻子,并为爸爸生下一个宝贝儿子。他们三个人,看起来像个幸福完整的普通家庭。反而是林晓路显得突兀又多余。她开口礼貌地叫了一声:"小三阿姨好……"爸爸莫名其妙就一巴掌甩到她脸上,林晓路才知道"小三"不是阿姨的本名。(过了好些年她才明白那次为什么挨揍。)

在陌生的环境里,林晓路更沉默寡言地将心缩回自己的堡垒中,埋头在"闲书"里,跟着三毛流浪到撒哈拉沙漠,跟着鹦鹉螺号穿梭在海底,跟着安徒生骑着铜猪俯瞰下雨的忧伤城市……心思完全没用在学习上的她本来就不好的成绩更是一落千丈,跌入万劫不复的谷底。

这个谷底没有宝石,也没有秃鹫飞过,林晓路不能跟《一千零一夜》里的阿拉伯人一样,靠装死来脱离困境。

全部挂科的恐怖成绩单铺天盖地轰隆隆地砸下来,把林晓路斑斓的幻想世界压得粉碎。林晓路痛定思痛,觉得不能这样颓废下去,要写出自己的人生计划贴在书桌前为自己打气。"专心听讲,争取进步,一定要考上大学!"写着写着她就开始走神,把人生计划画成城堡状,围墙下开满了鲜花。

爸爸打完麻将回来,凑近桌子准备检查林晓路写作业的情况,只看到了女儿画的那张花里胡哨的纸,不知是什么乱七八糟的东西。他用输了麻将的怨气把林晓路的人生计划用力揉成一团,丢到了垃圾桶里。并以一个长辈的权威身份,对正积极立下志愿的女儿说了一句:"你这样子,考个屁的大学!"摔门走了。

小时候,她总相信爸爸是对的。

"不可救药""废物""智商有问题"……那时候林晓路都以为这是爸

爸对她的正确评价，她唯一的长处就是会画一些小画片。但爸爸认为这"算个屁"。没有美术课的日子，如果检查到她手上有水彩笔墨汁，就叫她站好伸出手心，用铁丝衣架打十下。才上初中数学就考20分的弱智，有什么资格画画。

可林晓路依然忍不住要画。初中的班主任李惠仁老师猛地抓起林晓路的课本——她正专心地在上面涂鸦，视线中的涂鸦小人嘴角在课本被拖走时拉出一条长长的线，然后眼前一黑，额头上发出同课本撞击时响亮的声音"啪！"。鼻梁生生作痛，眼前一片金星。

李惠仁老师熟练地完成抓起书抽林晓路的脸这个动作后，又让林晓路滚回家把她爸爸叫到学校来，看她站着不动，拽着她的胳膊将她扔出教室。

林晓路知道爸爸铁了心再不想见到这个老师，也绝不再踏入这所学校。因为上次家长会李惠仁老师当着全班家长的面，把他数落得颜面尽失。爸爸是一个有礼貌的成年人，不可能对人民教师发脾气。忍辱负重地将一肚子怨气憋回家，一脚踹给林晓路，一个星期没跟她讲话。林晓路松了口气，这惩罚算轻的，而且爸爸平时本来就不怎么跟她讲话。

从那起，每次家长会后，林晓路就站在教室外，跟其他家长没来的孩子一样，不许进教室听课。这是李惠仁老师的特别创意。对于家长不来开家长会的学生，李惠仁采用"你亲生父母都不管你我凭什么要管"的策略，对其进行冷冻处理。虽然李惠仁混了半辈子连个教导主任也没当上，但管你什么局长也好，成功商人也罢，宝贝孩子在她手里呢，想叫孩子在学校里过得舒服，必须得赔着笑脸，随叫随到。但林晓路那只是一个国企普通员工的爸爸，就敢不来学校。

林晓路在教室外已经站了三天，爸爸还是不去。他一边打着麻将一边非常有把握地对林晓路说:"我就不相信她敢让你一直站在外面!老子给你交了学费!她不让你去上课你就去法院告她!"

林晓路,是一个和平爱好者,而且这里人生地不熟的不知道法院在哪儿,还是继续站着吧。除了腿有点麻外没什么不好的,可以给围栏外行走的人起各种绰号,杜撰他们离谱的故事,任由神思随着云朵漂浮。影子都跑到另外一边去的时候,一天就过去了。回到家可以看闲书画涂鸦,没上课,也不用交作业。一个星期后,李惠仁老师敌不过其他老师的求情,只好让林晓路进教室了。

再次犯下"上课涂鸦罪"后,林晓路又做好了站一个星期的准备。所以坚定地摆出了爸爸所形容的"死猪不怕开水烫"的表情。下课后李惠仁见她在门口东倒西歪地站着,大喝道:"站没站相!不是叫你滚回去吗?"李惠仁斜着三角眼,把林晓路画满涂鸦的语文书提在手里甩得哗哗响,"把这拿给你爸看!看你在学校都干什么!"

林晓路此时只是担忧地想万一李老师太生气,像上次抓到她在数学书上涂鸦后把它撕个粉碎怎么办?那就只好一个星期都不吃早饭省下钱去新华书店买一本了。

除了刚够买一个花卷的早饭钱,林晓路没有任何零花钱,更怕开口跟爸爸要钱。她早上出门时会把钱藏在抽屉里,怕自己饿得挨不住了又把钱花在食物上,用一本《机器猫》加上包书壳冒充数学书这事儿真是太危险了。上课看漫画可是比画小人更不可饶恕的重罪。那星期,每天上午她都饿得挠心挠肺的。

饿,想到这个词她就胃痛,咬着嘴唇,眼角泛起了苦大仇深的泪光。

李惠仁误以为林晓路这副表情是悔过。她的三角眼又挤到一起，伸直双手将书摊开端详了一会儿。为响应"增强素质全面发展"的号召，学校最近要搞黑板报比赛，李惠仁烦得要死。但多拿个奖项评优秀班级就多一份希望啊。她终于想到怎么处理林晓路了便说："你这种不上进的差生，总拉低平均分，我评职称都被你影响了！但总得给你个机会发挥一下兴趣吧。你就去画黑板报吧！要是拿了第一名为班级争了光，这事我就不找你算账了！"

于是李惠仁就打发林晓路用上课时间画黑板报，她一次次地要求林晓路擦掉那些被同学们称赞的卡通画，直到按她的意愿画出一片整齐规范的小树林才算满意。用爸爸的话来说，林晓路真是"无可救药"。亏得李老师如此用心地指导，林晓路还是只得了个优秀奖。林晓路低头毕恭毕敬地将奖状呈给李惠仁。李老师的三角眼射出刀子一般的寒光，她骂道："一个优秀奖有屁用！我都不好意思写到班级获奖记录里！都是因为你这样不求上进的学生，我才一直当不了教导主任！真是个废物。"想到自己的无能竟然如此严重地降低了李老师的生活质量，林晓路真诚地对她满怀歉意，觉得自己真是活该被骂。

谁让我是个废物呢。

初三统考毕业结束后，林晓路在校门口看到了一张熟悉的脸，像来拯救她的使者一样闪闪发光。她脚步轻快地冲上去，有点害羞地喊道："妈妈！"妈妈终于回来了。她辞去了海南的工作，回到林晓路身边。

那一年正是给学生"减负"运动闹得轰轰烈烈之际。为减轻学生压力，成绩不够高中分数线的同学，被电脑随机分配，林晓路幸运地被分配到了重点高中，继续拖学校后腿。"减负"闹得再凶，"分数就是学生的生命"依然是学校里人人信奉的真理。与那些热爱数理化一心念好书的优等生相比,林晓路的分数寒碜得对不起党和人民。她开始怀疑自己活着根本就是浪费粮食。

还好一直以来,妈妈都相信林晓路不比别人差,只是普通的学校不适合她。妈妈发现成都有一所艺术职高,便一拍大腿在成都找了一份工作,带着林晓路风风火火地搬到了成都定居,直到现在。

林晓路羞于面对回忆里的自己,觉得那时候自己就是个躲在黑暗里丑陋自卑的小怪物。那是一段灰暗的记忆,现在要一路狂奔不回头地离开那里。

还差几百字的总结怎么办呢?林晓路抓了抓头——嗯!有了!将它重新誊抄一遍吧。将字尽量写大可减轻老师眼睛的负担,工整的字迹给老师带去愉悦的批改感受,不断地提行空格给老师带去一种文艺而清新的感觉……这么气派的一篇总结,少几百字这种小缺点老师一定不会在意。暑假作业终于大功告成了!

暑假最后一天妈妈带林晓路去买了文胸。林晓路穿上它,在外面套了背心,再穿上夏季校服。在镜子前反复确认这样不会透出内衣的痕迹,才把它们叠在枕头边放心地睡去。

这是多么无忧无虑的一学期,一切对她来说变得那么简单容易。她此时此刻最大的担忧,不过是明天的开学典礼上是不是能站在可以看得到韩彻的位置。想着他的背影,她心里洋溢着快乐。她闭上眼睛渐渐滑入光怪陆离的梦境,还不知道神在此时瞄了她一眼,准备动动手指头,"啪"的一声,将她弹到现实世界的烦恼里去。

二
耳光响亮

1 / 东街西街

升上高二一个月了,林晓路的《墨水点白皮书》里增加了三件大事:

一、韩彻升上高三了,调到了 2 班。

二、高三的同学做操的位置调整到了队伍最后面,林晓路只有在做转体运动时才看得到韩彻。

三、经过一个月的跟踪调查,终于确定韩彻的家住在玉林区的芳草东街第三个巷子里的某处。

这些信息对林晓路来说远远不够。除了三不五时地在放学后多绕二十分钟自行车程跟踪韩彻,林晓路又利用国庆假期花了很多时间去调查韩彻家附近的地形。芳草街分为东西两条街道。东街临街的都是酒吧餐饮，西街则多为奇怪的小店。街道两边岔着许多进不去车的小巷子。八九十年代建的只有六七层高的居民楼一栋挨着一栋，上面挂满了晒不到太阳的衣物被单，里面还有少量低矮的平房被改成铺面，用来经营小型麻将馆，水果铺，还有成都人民喜闻乐见的"苍蝇馆子"。她喜欢这里浓浓的生活气息，不亦乐乎地穿梭在其中。

这里甚至还有漫画书店。就在芳草西街的斜路口。明明没有公园，那个小小的漫画书店却被起名叫"中央公园"（很久后林晓路才知道是因为店主热爱《老友记》）。它隔壁的店更是不负责任地给自己起名叫"公园旁边"。

这一带是玉林高中白底绿条纹校服的天下，林晓路红白相间的校服格外醒目，所以平时都不敢离"公园旁边"太近——她还没做好被韩彻注意到的心理准备。韩彻有时会走进"公园旁边"，出来的时候心满意足地拿着一个纸盒子。他蓝色的校服衬着暗红色的门框，和背后的橘色灯光绘成林晓路跟踪之路上一闪而过的好风景。

假期她穿便装晃去"中央公园"买了几次漫画，"公园旁边"却一直拉着卷帘门，不让她一探究竟。

周五是班主任陈蓉老师守晚自习，没人敢逃课。晚自习对林晓路来说只不过就是把发呆的时间从家里挪到教室。而且多亏晚自习她才终于可以和高三的韩彻在同一时间放学。

但今天林晓路有点如坐针毡了。下课铃响后已经过了十分钟，班主任还在挨个儿批评逃课的人。外面已由刚放学时的欢乐喧哗渐渐变得安静。整个晚自习林晓路都乐呵呵地在心里打着小算盘，想着放学后先跟踪韩彻，再顺便去"中央公园"买本漫画书,这个周末就完美了。

可那些逃课者,苏妍和谢思遥这两个名字反复出现,抓住她的腿,把她拖到陈老师漫无止境的责备中。这些人逃课关她什么事嘛!她连这些名字的主人是谁都不知道。最后陈老师还说:"那些从来没逃晚自习的同学就是被你们拖累的!以后多为他们着想吧!"

真是谢谢了。

冲下楼去抬头一看高三那层的灯果然熄了,车库里更是一片人去车空的凄凉景象。韩彻那辆蓝色自行车早没了踪影。她失落地骑上自行车,脑海中浮现了莫名其妙的诗句:

那夜色啊,漆黑如惨淡的世道;这少年哟,盼望着引路的光亮。

林晓路脑中的小电波啪地闪出一个光亮——择日不如撞日!今天就正大光明地走入"公园旁边"吧!

时间是七点五十二分,十月底的暑气在此时已完全褪去。林晓路朝着人生之路迈出了伟大的一步。

2 / 不明所以的"公园旁边"

"公园旁边"的门面原先应该是大红色,疏于维护才慢慢褪成暗红色。里面有一半被做成玻璃橱窗,晒不到太阳的部分保持着原来的鲜红。橱窗里的小人儿们林晓路只认得穿战斗服的明日香。其他都是她没见过的,设计感很强，做工精细物件齐全的精致兵人，还有各种机械类手办。

似乎是一家精品模型店嘛。

！

走进门，却毫无心理准备地看到了一个真人大小的石佛头。

空气中残留着檀香味，佛头眯着眼睛泰然自若地被挂在正对门的蓝灰色墙壁上。比起林晓路在寺院里见过的佛像，他显得更纤瘦优美。但不变的是慈悲为怀普度众生的神情。林晓路不得不先对他致敬完才能开始观察其他地方。

林晓路以为将这样的佛头放在视觉重心里，总该配点古朴的装修吧。地板上却是前卫的黑白大格子，天花板上又挂着一盏像是来自蒸汽时代的铜制吊灯。像是从旧货市场淘来的高度颜色都不一样的几个窄木桌靠墙放着，上面的墙壁钉了木板就算货架了。货架上模型的摆放毫无主题不说，还塞了很多异国情调的不明物品，它们老大不情愿地拥挤在一起。老式的玻璃柜台后面，放了一个红色沙发，它旁边有整个房间最气派的家具———一个高高的大书柜，里面站满了五颜六色的书。

这店的陈设比它的名字还随便！完全不明所以……

杂物间的门忽然打开了，一个胡子拉碴的大叔叼着烟从门缝里探出头来。劈头就对林晓路说："哟，二十五中的同学！来得正好！"

心怀鬼胎的林晓路吓得后退了一步——啥？来得正好？他怎么知道我的身份？难道我不可告人的秘密被他看穿了？救命！

"你们今天专业课吧？带颜料没？借我用用。"大叔指指林晓路背着的画板。

林晓路这才明白大叔并不认识她，只是看到了校服和画板，松了口气。

立刻顺从地去自行车后座上取下夹在那的颜料盒,递给这个莫名其妙的大叔。大叔接过打开一看,皱眉说:"真是弄得乱七八糟啊。"

跟人借东西还这么挑剔。林晓路正怄气,身后传来自行车刹车的声音。一个男生的声音喊:"老胡!我要的模型到了吗?"

"还没呢,下周六应该能到!"胡子大叔说这话时衔着的烟头上下抖动,飘出几片烟灰,林晓路随着烟灰飘落的方向回头一看。心里咯噔一下。

是韩彻。

这一带真是很少见到二十五中的学生,韩彻果然疑惑地多看了她一眼,骑上车走了。

这时路灯忽然都亮了,街道一下子笼罩在橘黄色的光线里。

少年啊,你走过的地方,如此的,诗情画意。

在毫无心理准备的情况下,和韩彻四目相对了!林晓路感觉自己被包围在粉红色的云朵里,就要轻飘飘地飞起来了。

"哗啦"一声,一张旧日历的大纸在林晓路脸前面抖动,大叔拿起林晓路的颜料盒,一脸嫌弃地选出一支水彩笔,蘸上黑色蹲在地上气势恢宏地写了一句:"限量版凌波丽手办预订中!"又蘸上浑浊的红色,把"限量版"圈起来表示强调。皱眉打量了一会儿后,又在另外几个字下面画了一些横线波浪线,还用红笔签上了"老胡"这个名字。

随便地往墙壁上那么一贴,虚着眼睛看过去就像一张勒令马上搬走的拆迁通知。

但大叔显然对自己的海报感到满意,将颜料盒还给了林晓路。然后恍然大悟一般地问道:"对了你想买什么吗?"

林晓路本来就不是来买东西的,情急之下就指着佛头问:"那个多少钱?"

大叔上下打量了她一番,正义而有力地回答:"不卖!"

要的就是这个答案。

"哦!那算了!"林晓路心虚地说完这一句,觉得赶紧离开这个不明所以的地方才是上策,蹬上自行车就仓皇而逃了。

3 / 七楼靠右

林晓路的家住在高升桥商业广场后面的一个老式小区,里面几栋黄色的居民楼修建于 90 年代初期,外观已经有些陈旧。慢慢上楼,从漆黑的楼道石灰墙镂空十字形通风口望出去,对面的居民楼亮着深浅不一的灯光。

周围的黑暗温柔地伏在她脚边。

很早以前,外公外婆那个小县城经常停电,大人们在外面点着蜡烛搓麻将,林晓路常被一个人留在家里早早睡觉。夏天她依然用被子裹住全身,觉得黑暗的角落里各种影子正在蠢蠢欲动。车开过,光线滑过窗台落下一道道忽明忽暗的轨迹,窗台上外婆种的花花草草,影子蠢蠢欲动地摇晃着。好像在等她睡着后,好开始啃食她的美梦。

七楼,靠右。推开门是一个两室一厅的房间。原本不大的客厅有一半被妈妈当作工作室。那些材料从妈妈房间一直蔓延出来。样品,色卡,还有各种颜色的花布,按只有妈妈才明白的规律排列着。妈妈从电脑前扭过头说:"饭在冰箱里,锅里还有汤。"

又是萝卜排骨汤，妈妈会做的菜非常有限，她天生就不是主妇型的女人。年轻的时候她是县排球队的队员。林晓路见过她十六岁时的黑白照片，四肢修长，皮肤黝黑。扎着两个小辫，脸上挂着现在也没变的开朗笑容。妈妈有双漂亮的大眼睛，林晓路却没继承。

现在妈妈是一家外资染料企业四川地区的销售代表。表面看在家工作很轻松自由，其实需要随时应付各种突发情况，不断地四处奔走，还好妈妈喜欢这种和人打交道的工作。她有个男性化的名字，做事也很阳刚。有次甚至一个人押着几吨货物连夜给急用的厂家送去。接货的厂长看到从货车上跳下来一个女人的时候惊讶得合不拢嘴。二话没说就签订了长期合同。

和妈妈一起生活后，林晓路渐渐了解妈妈的坚强开朗，一个人也能扛起生活的重任稳稳前进。小时候林晓路总是忧心着遥远的妈妈有经济困难，还把自己存下的几毛几块零花钱塞到信封里寄给她，妈妈感动得哭笑不得。

妈妈开朗的性格让她有很多朋友，有时她会对他们讲起这件林晓路小时候的事。大家都夸她懂事的时候，林晓路总在旁边低着头，很不好意思——她在面对不熟悉的人时，总是觉得不自在，这种不自在让她显得表情严肃。

4 / 黑色大问号

吃完萝卜汤烫饭后林晓路心满意足地在书桌前坐下。今天她第一次和韩彻四目相对，虽然只有一秒钟，也将是《墨水点白皮书》上重要的历史时刻。温故而知新，她又翻开这本白皮书里最珍贵的藏品，开始盯着它发呆。

学校展示橱窗上贴出"高三作品展"的那天，林晓路第一个跑去观看。她的视线从两米宽的展示栏里从左滑到右。那一刻她眼泪都要涌出来了。黑板报被擦去后就再也没看到的，她怀念的笔触，终于在一张牛皮纸上出现了。

上面只有铅笔跟黑色钢笔调出的灰色，还有少量的白色让这些看似暗淡的建筑闪闪发光。右上角，像是不愿意破坏画面一般，用铅笔轻轻写着那个她意料之中的名字："韩彻"。

这张对她来说是无价之宝的画，却毫不被重视地贴在一堆考试静物范画里，有一个角甚至卷起来了。把它留在连玻璃都没有的展示栏里风吹日晒，林晓路怎么忍心。

为了人类的爱与和平，经过三天精心策划准备后，林晓路丝毫没有内疚感地犯下了那桩盗窃案，窃走了韩彻的画。

林晓路没想到韩彻居然会对此事作出反应。

盗窃案后平静地过了五天。周五的课间操后，跑过展示台前，林晓路回头看了一眼被她用来换掉韩彻画的那张牛皮纸。

好像有点不一样？

上面出现了一个黑色大问号，旁边还有一些字！

周围的同学来来往往，她只好装作不在意低头跑开——说不定韩彻正在观察有谁在看这张画呢，一定不能暴露身份。

她心神不定地挨到晚自习下课后，又在楼梯口转来转去，直到韩彻骑上自行车消失在校门口，才悄悄来到橱窗前，揭下黑色大问号，奔向自行车棚。在昏暗的灯光下吃力地看上面的字，激动得手都有点抖——这可是韩彻写给她的信啊！

"你是谁？为什么拿走我的画？"

真是平淡的一句话。把纸翻过来，背后还有别的内容！林晓路的心收紧了，空气一下变得很稀薄。

还没来得及看就听到一个声音对她说："喂！你叫什么？是我们班的吧？"抬头看到一个有点面熟的女生。

"我是林晓路。"正在从事秘密活动的她紧张起来，"不好意思，你是？"

"我是谢思遥！"

这名字倒是不陌生，经常出现在逃课名单里。它第一次具象化了——跟她想象中霸气地吐了一口烟圈的坏女生形象完全不同。谢思遥个子比她矮一点，皮肤可以说很黑，也可以委婉地说是健康的小麦色，鼻子嘴巴都很小巧，有一双标致的杏仁眼，扎着高马尾。很纯良可爱的学生妹模样。全身上下唯一反叛一点的只是将校服收紧的裤腿改成拉链的直腿，一直遮到鞋子，显得腿很修长。漂亮女生都喜欢对校服做一点改动，在规范统一的标准里，想尽办法不让自己的青春之美葬送在校服里。

"今天陈蓉点名了没？"谢思遥开口就直呼班主任的名字。看样子她又逃了晚自习，现在回来拿自行车。

"没有。"林晓路说。大概班主任终于明白每个周末都折腾来上课的同学是不理智的了吧。

"你手里拿的什么呀？"谢思遥问。林晓路这才想起手里还举着重要文件，想藏已经来不及了。

"没什么。"她担心自己的秘密会被发现，准备转身就走。

谢思遥在学校的小社会里是很吃得开的女生，大家对她都很客气，不想得罪她。但这个林晓路却态度僵硬地让她感到不爽。

"有什么不能看的啊？情书吗？"谢思遥决定逗下这个表情木讷的同学。于是伸手去夺林晓路手里的纸，此刻，她是笑着的。

林晓路最不会察言观色，没意识到谢思遥是在给她台阶下。如果她能开朗地说句玩笑话，这事就能平静地过去，两个人都可以心情很好地走出学校。继续互不干涉地生活下去。

但林晓路毕竟是林晓路，她一脸严肃地说："不关你的事。"

谢思遥听完这个回答就生气了。一把夺过她手中的纸，撕成碎片丢在地上。

这是韩彻写给她的信！一股怒气从林晓路心中蹿起。能量由胸腔涌到手掌，动作连贯地推送了出去，击倒了谢思遥。

谢思遥撞在了后面的自行车上，并没有受到生理上的伤害。可……实在太伤自尊了！

怎么会刷出这种怪兽！谢思遥惊讶地看着林晓路面无表情地从地上捡起碎纸片放在口袋里。她在学校从来没被人动过。现在居然被一个无名小卒给打了！还好没人看到这一幕，不然她面子往哪儿挂。

谢思遥知道在这单枪匹马跟她耗吃亏的肯定是自己，先忍住了愤怒。直到林晓路骑上自行车走出车库门，才喊了一句："我记住你了林晓路，这事儿没完！"

林晓路的心里七上八下，她一点都不想再跟这样的人再扯上关系，只想安静地过完高中生活。她初中时也得罪过这类人，明白那愤怒的一掌已经把高中剩下的平静时光都毁了。那是韩彻的信啊,对自己来说那么珍贵的东西！

哎哟喂呀！该怎么办呢！

大概只能采购一些对付跌打损伤的膏药了……林晓路不愿再深想下去了。

台灯下，林晓路心疼地看着那些纸片。这张珍贵而柔弱的纸，被谢思遥粗暴地撕了三下，还乱揉一气，分裂成八块形状不规则的碎片。林晓路小心地将它们一张张抚平，对齐纸纹，用透明胶带仔细地拼贴在一起。

黑色大问号的背面，有一张建筑物的草图。林晓路立刻认出这是韩彻那张画的草图。下面用瘦瘦的字体写着"圣家族大教堂，建筑师：安东尼·高迪"。

林晓路不得不捂住心口平复一下自己的情绪。每次翻看自己窃取的战利品，她脑海中的疑问都是："画面上这个建筑到底是什么？"此刻，韩彻居然给了她答案。太感人了，一定是韩彻接收到了她的脑电波，通过这样的方式回答了她。

透过这张纸片，她仿佛看到韩彻在阳光下眯起眼睛，举起铅笔量建筑物比例，然后低头在速写本上开始勾勒。那张画，这张纸，像是还留着韩彻手掌的温度一般，让她觉得自己离韩彻很近。为了它们，就算要遭受磨难，也在所不惜了。

5 / 降落回星球

周日她又晃到玉林小区想找和"安东尼·高迪"有关的书籍。飘过"公园旁边"的时候，她多此一举地探头望了望。那个奇怪的胡子大叔正站在门口皱着眉头打电话，和朝里张望的林晓路四目相对。

被发现了!

林晓路赶快缩起脖子,心想他打着电话应该不会注意到自己。可大叔却露出欣喜的表情,一步跨到街沿边,伸手拦住林晓路,并对电话里的人喊道:"我马上就到!你别乱来!"

大叔的手牢牢地抓住车龙头,爽朗地对林晓路说:"嘿!要买佛头的小姑娘!来得正好!"

林晓路差点想弃车而逃。这个星期已经够倒霉了!莫非大叔改变了主意要把佛头卖给我?不要啊!

"帮我看下店!我一会儿就回来!"大叔在说这句话的功夫里,已经从林晓路手里夺过自行车跳了上去。然后化作一阵风消失在玉林小区的巷子里。

林晓路愣在路边,车流依旧忙碌地穿梭着。不知站了多久,她才开始怀疑自己是不是被打劫了。

这一幕唯一的目击者,店里那个慈眉善目的佛头,眯着眼一脸释然地看着她。大叔叫她看店呢……现在自己可是韩彻常光顾的店的临时店长,林晓路又高兴起来了。决定好好调查一番。

林晓路伸手摸了摸做工精致的兵人,他手上的枪就掉了下来。林晓路手忙脚乱地装回去,不敢再碰其他模型。货架上还有好多奇形怪状的东西——表情凶狠的木雕面具,叫不出名字的乐器,造型奇特的小铜像,香炉……它们都毫无逻辑地摆放在一起。林晓路开始怀疑说不定大叔是一个被诅咒的巫师,他需要完成以下任务才能破除诅咒:选定下一个受害者,对她念出两次咒语"来得正好",先跟她借一个物品,七天后再抢走她的自行车逃离这个地方。

直到红沙发旁的大书柜吸引了她的注意力,她才停止了胡思乱想。

这些书林晓路都没见过，书脊上中文的都是繁体，外文的除了英语，还有好多不认识的字母。林晓路用手指抚过那些五颜六色高矮不一的书脊，一边擦去上面的薄灰，一边想着要把谁抽出来取悦自己。

安东尼·高迪

一本五厘米宽四十厘米高的黄色书脊上印着这么几个蓝色的字，闪烁着蹦入她的眼中，像是一个咒语，让她的心咯噔地跳跃了一下。

抽出那本又厚又沉的书。封面上有一个拼贴满彩色瓷砖，红色白点圆顶的奇怪建筑物，它像只要从蓝色天空背景里衍生出来的章鱼头。林晓路咬着嘴唇翻开。内页里绚丽的色彩扑面而来，古怪造型的建筑仿佛在巴洛克舞曲里扭动着，要从纸张里蔓延出来，照片上的每一块砖瓦，每一片彩色玻璃，都像是来自幻想世界，阳台会呼吸，墙壁会说话，弯曲的穹顶与跳舞的柱子泻满整个房间。

又翻了几页，韩彻的那张草稿的轮廓，终于在这本书里用照片的形式清晰地呈现。他画的就是它，圣家族大教堂。林晓路的心怦怦跳，让她拿自行车换这本书她也愿意。原来那些美丽的建筑不是幻想世界里的东西，安东尼壹·高迪把它们建在一个叫巴塞罗那的地方。林晓路翻动着书页，走入了高迪的故事里。

原来圣家族大教堂至今也未能建完。高迪从一开始就知道自己活不到它完工的那天。他说他的客户是上帝，有无尽的时间。能从容地用超越自己生命的目光来看待一件作品……照片上的白胡子老爷爷在林晓路心中，开始闪闪发光。

但是，没想到这位伟大的建筑师老爷爷，因为工作到很晚直接从工地回家，被一辆车撞伤。又因为穿着脏脏的工作服，被当成是乞丐送到三等病房，没得到及时抢救……就这样死去了。

林晓路一边哀叹着高迪爷爷的命运，一边出神地幻想着走在圣家族大教堂中会是什么感觉，浑然不觉时间的流逝。

"真是太对不起了！"大叔中气十足的声音吓了林晓路一跳，让她从巴塞罗那的空想中猛地跌回地面。

可是，为什么我又在这里跟他一起吃饭呢？

恍惚中米线已经放到她面前。胃咕噜地叫了一声，眼前热腾腾的牛肉米线香气诱人。蒸汽的烟雾中食客们谈笑的声音汇聚成嗡嗡的一片，这个吵闹的夜市感觉并不比幻想中的巴塞罗那更真实。

一碗牛肉米线，就是毫不商量地抢走自行车消失一下午的补偿？林晓路皱着眉，低头呲溜呲溜地吃起了米线。

"你这小姑娘表情怎么总这么严肃？"大叔把一盘粉蒸肉推到林晓路面前，又叫老板娘开了一瓶啤酒。

帮你看了一下午店连个谢谢也不说还对我的面部表情进行随意点评，林晓路气呼呼地想，对大叔翻了一个白眼继续一声不吭地吃着。

"事情真的太紧急啦！之前没时间跟你解释。我一哥们失恋，在那吵着要自杀，说安眠药都买好了！我一听就懵了。这可不是闹着玩的！幸好你及时出现借了自行车给我，完全是救人一命啊！他家那破胡同口出租车都开不进去！"

原来是这样！大叔是为了这样的目的而实施自行车抢劫的，林晓路立刻释然了，关心地问："那你朋友还好吗？"

"洗完胃在医院躺着呢！"大叔的眉毛拧成一团，"这混蛋一听我说马上就到，立刻就把一瓶安眠药倒嘴里了。幸亏有你的自行车，我踹开门时那家伙还在嚼药片儿呢！看到我就喷着药粉喊我打电话通知他女朋友！我说好好好，然后打给了120！送到医院洗完胃医生还不让我走，让我好好做他的思想工作！我想救人救到底嘛，于是水都没喝一口，掏心掏肺地说了一箩筐话，劝他不爱就不爱了嘛！好聚好散嘛！别没出息地寻死觅活！说得我嗓子都冒烟了。那家伙终于露出了感动的表情，还洒下几颗热泪，我以为自己的话终于起了作用。没想到他只是吐了口酸水，悠悠地说：'洗胃太难受了……我再也不自杀。'如果不是他还在输液，我真想飞起一脚……哎！"

大叔说完后一口气喝干半杯啤酒，将空杯子啪地放在桌上。一起恶性事件，一下午的奔波折腾，大叔却描述得滑稽又荒谬。林晓路想象着大叔气急败坏地将一个可怜虫拖去医院又苦口婆心地教育他的画面，忍不住笑了起来。

"原来你不是面瘫，还是会笑的嘛！"大叔夸人的话可真难听，"小姑娘就该多笑笑，别成天一脸严肃跟别人欠了你几斤谷子没还似的！我跟你这么大的时候，成天就傻开心！"

林晓路很少去想别人怎么看待自己。原来我平时的表情是被别人欠了几斤谷子啊……

"不过你个性还真好！换了其他小姑娘一定对我劈头一顿骂了。以后常到店里来玩啊！看你也不怎么活泼，要多交点朋友才好！"大叔伸出手说："我叫胡旭！"

长这么大第一次有人说她个性好。她伸出手，飞跃过她心中存在了多年的、比科罗拉多大峡谷还宽的鸿沟，轻轻降落到桌子那头，握了握大叔还留

65

着冰啤酒余温的手,说:"我叫林晓路。"

此时的夜晚,已经开始有些寒意了。但吃完米线,全身都暖暖的。这个城市里,她有了第一个朋友。

她忽然觉得,第一次,她从自己的安全堡垒中走了出来,降落回这个星球。像有人用一支画笔,将她眼前原本模糊的现实世界,一点点地画出了细节。

夜市里,人群依然喧哗,她用力踩了一下自行车,穿过橘黄色灯光笼罩下的小摊位。这里有人在划拳,有人吆喝,有人面红耳赤地大吵大闹。不同的面孔不同的表情,都在用力地发出自己的声音,把嗓门和情绪贡献给这条街,融合成一片喧嚣。

没有人能孤独地活下去,没有人能避免跟周围的世界发生摩擦,不用害怕。

6 / 挨揍的关键是保持尊严

教学楼底部走廊尽头的拐角处,有一小块建筑物和外围墙形成的死角,林晓路深吸一口气,迈开步子走过去。

周一下午最后一节课结束后,谢思遥拦在林晓路面前说:"我们的事没完呢。跟我走。"

谢思遥果然是个人物。周围的同学都投来诧异的目光。这种目光感觉熟悉——毫不在乎她,却又对她的遭遇感到好奇,冷漠旁观者的目光。"别成天一脸严肃跟别人欠了你几斤谷子没还似的!"大叔说过的话,忽然像个护身符似地出现在她脑海里。

放松,放松,就算被揍一顿也要保持尊严。

林晓路抬起头干脆地回答道:"好啊!"口气轻松得好像要跟她一起去吃饭。周围目光中传来的压迫感消失了。见不像会出事的样子,大家又各忙各的了。

"这就是打你的人?"

死角的阴影里站着谢思遥"后援团"——两个校外的男生,和一个漆黑的齐耳短发,脸上带着笑意却冷冰冰的高挑姑娘。林晓路认出她和自己同班。

丢出问题的棕色系男生一看就是老大,他至少比林晓路高一个头,少年白的寸头,轮廓凌厉。一只手插在裤兜里,另一只握成骨节分明的拳头。林晓路的膝盖迅速计算出和此人PK自己将在三分钟内被KO,微微抖了一下。

幸好他没准备动手,他叫了帮手大费周章地潜入二十五中,严阵以待地等了半天,只来了个干巴巴的小姑娘,站在那儿就摇摇晃晃的。

"她厉害着呢!"谢思遥对他的藐视感到不满,站到另一个女生旁边,插着手准备看好戏。

"照规矩办吧。"棕色系老大苦笑着耸耸肩,转头对旁边有两个林晓路宽的男生说,"大白上!先打回来再叫她道歉。"

大白走过来就抓住林晓路的衣领,她站直了也只到他胸前。在他看来,她就是一只无力反抗的小鸡。他都懒得凶林晓路,清脆响亮地给了她一巴掌。

"别太过分了,人家一个女孩子。"齐耳短发的女孩用无关痛痒的声音冷冷地说。

这句话让林晓路明白,如果不做点什么,几分钟后自己就将满身淤青地一个人蹲在这里哭。她并不害怕落在身上的拳头耳光,这些东西她都不陌生。

但那些女生会得意地四处宣扬战果，三不五时地找她麻烦。她又将以一个可怜人的身份出现在班上，怜悯却排斥的目光将再次像聚光灯照射着她，压垮她为自己筑起的隐形墙壁。

反抗过，最坏又能是什么结果？

林晓路睁开眼睛，平静地说："够了吧！"大白举起的手愣在半空中。

"你们打我，是为了帮她求一个公平。那就给我一分钟说明一下我动手的原因。"林晓路边说边把自己的衣领从大白手里拽出来。大白想着反正这小姑娘肯定打不过他们，和棕色系老大交换了下目光，同意先给她一分钟。

林晓路直直地站着，说："那天，我拿着一封很重要的私人信件，谢思遥非要看，我不干，她就把它撕了。所以我推了她一下。"

大家都愣着没说话。谢思遥一副憋红了脸要爆发的样子。

"谢思遥，很抱歉那天我没控制住情绪。我比你高，不应该欺负弱小。现在我已经挨了一耳光，我们扯平了。"林晓路的语气很诚恳，让旁边高大的大白都羞愧起来了。

林晓路不知道自己其实很幸运，当老大的男生看过太多黑帮片，仁啊义啊什么的在他心里很重要。他有自己的骄傲，不屑于欺负一个小女孩来耍威风。他对林晓路说："好了，本来就不是个大事。"又像安抚小猫似地摸摸谢思遥几乎要冒出蒸汽的脑袋，对她说："好妹子，你先惹事的，就别再生气了。"

大哥给的台阶，谢思遥只好顺着下了，对林晓路摆手说："你走吧。"大家的面子都顺利保住了，和平的日子得以延续。

第二天林晓路才知道那个漆黑短发笑容冰凉的女孩就是经常出现在逃课名单里的苏妍。

很久之后林晓路才知道那个轮廓凌厉很有派头的棕色系男生就是传说拿刀砍过人的玉林高中的老大任东。

三
鹤与猴子的雀跃

1 / 灰尘飞扬

日子继续平静地被从越来越薄的日历上撕下，然后又换上一本新日历。

2001年是林晓路第一次在成都迎接新年，这里的一切都比她身后退远的小城更加汹涌庞大。

那天晚上天府广场上挤满狂欢的人群，漫天飘舞着人造雪花跟星星点点的亮片，白色的泡沫飞洒在那些欣喜的脑袋上。人们簇拥在一起，涌向钟楼。陌生的人们在这一刻整齐地倒数出一个声音，新的一年在震耳欲聋的欢呼中降临。

"嘿，小蔓！这就是我说过的那个要买佛头的小姑娘！"林晓路刚在"公园旁边"把自行车停下，就听到了大叔爽朗的声音。离春节还有一段时间呢，大叔已经站在门口贴福字了。

"你是说那个让你把自行车骑走一下午还不报警的姑娘吗?"大叔身后被叫做小蔓的女人,忽闪着两只孩童般天真的大眼睛探出头,仔细看着林晓路。然后笑眯眯地对她说:"以后他这样你就直接报警吧!他早该去监狱蹲两天了!"

林晓路愣愣地站着,看着这个随性地穿着休闲装,素颜仅涂了一点点口红就明亮得像从画中走出来的女人。

"她的表情真的好严肃呢!"她把自己那头浓密的卷发往后一撩,转头对大叔说。

林晓路在脑子里拍醒了遇到陌生人就容易短路的自己,挤出笑容说:"姐……姐姐好!我是来借书的。"

"不借!"大叔的口气像当时不卖佛头一样坚定,"再好的朋友也不外借!不过你可以到店里来看!"

早知道当时就把《安东尼·高迪》直接顺走算了,林晓路想,眼巴巴地望向那个积灰的书柜。

"还跟我说人家救了你朋友一命呢!什么态度啊!"张小蔓伸出指头朝大叔的肋骨使劲一戳,让他瞬间扭成一团。又对林晓路说:"不过,他的书确实不外借的,很多都是在各国旅游时淘回来的,不少已经绝版了。连我他都不借!"

大叔从小蔓身边的危险区域逃走,冲进了储物间,一阵翻箱倒柜的声音后,顶着一头灰出来,把一个鸡蛋大小的石头塞到林晓路手里。

是一个缩小版的佛头呢。纤瘦的佛头眯着眼睛慈祥地望着林晓路。小归小,依然有那副普度众生的气派。

佛头的底座刻着一排小小的梵文。林晓路不认识，便问："这排字是什么意思啊？"

"不知道！反正送你了！这个跟那个大佛头都是在尼泊尔买的！"

林晓路没听明白，还以为尼泊尔是一家店的名字，盯着大叔头顶的那层灰说："你们也该做一下年终扫除了！"

可是，为什么我又在这里跟他们一起扫除呢？

恍惚中湿毛巾已经递到林晓路手里，她已经在擦着书架上的灰尘了。大叔一边拖地，一边讲起了那个佛头的来历。

时间是八年前某个冬天的早晨，地点是成都一家忙乱无比的设计公司，人物是青年才俊的设计总监大叔，他按照常规将自己满意的设计稿在客户的要求下改成一坨 Shi 后，一如既往地得到了领导的赞许。大学刚毕业就当上了设计总监，前程锦绣的大叔却不知为何终日忧伤，找不到原因。

"原因是不是就是设计稿一直被要求改成……"林晓路插嘴道。"别打岔！好好听人说话！"大叔喊。

郁郁寡欢的大叔望着阴沉的天空，忽然一拍脑袋从座位上跳起来，大喊："Bi……(此乃不文明语言消音处理)的成都！已经一个月没 Bi……放晴了！"

于是，豁然开朗的大叔把桌子一掀对着领导办公室喊道："我要请假！"没等领导回答，群魔乱舞的大叔已经冲出办公大楼了。当天下午三点，英姿飒爽的大叔已经站在了西藏贡嘎机场。冬天的拉萨晴空万里，如沐春风的大叔心情喜悦。

什么破抑郁症啊，就是见不着太阳嘛！生命，是需要阳光的，醍醐灌顶的大叔感叹着。

还没通火车的拉萨对林晓路来说是个很远的地方，她只见过照片上沧桑肃穆的转经筒，在纯蓝色的天幕下与飘扬的五色旗映衬成一种悠远的浪漫。此刻，大叔灰蒙蒙的头顶仿佛还顶着拉萨的太阳，瞬间就在林晓路眼中闪闪发光了。

"可是……这个故事和佛头有联系吗？"林晓路问。

"我还没说完嘛！"

特别篇：听大叔讲那过去的事

（注：以下内容为胡旭口述）

我在拉萨待了一个星期，晒掉一层皮。手机被打爆。躺在大昭寺的屋顶晒太阳的时候，领导又打电话来吼说再不滚回去就开除我。我也没挂，就把手机送给旁边一个在晒衣服的年轻喇嘛了。那时候移动电话在拉萨还没普及。喇嘛一边念经一边跟我道谢，希望领导听了佛经火气会消一点。三年后再去发现喇嘛们都用上手机了。我想其中也有我的功劳。

林晓路在大叔的停顿中恍然：哦，佛头是喇嘛的谢礼。大叔气运丹田地说："错！"

然后，我就出发去尼泊尔了。当时跟我一起包车的四个人里就有张小蔓。拉萨到加德满都当时要开二十几个小时呢，这个张小蔓，瘦得跟只鹌鹑似的。大学刚毕业就不要命了一个小姑娘到处跑。

吉普车开了八个多小时之后，半夜到了海拔五千多米的地方，周围都是积雪，忽然发现这个姑娘嘴唇都乌了。冻得直哆嗦。状况也不清楚穿个小棉袄以为自己很臭美就上高原，活该。可我是个活雷锋啊，当时啥东西也没有，见旁边一个藏民拿着一大卷羊皮，就借了过来往她身上一裹。到樟木的时候张小蔓闻起来就跟羊皮一个骚味儿了。

到樟木之后张小蔓同学头也不回地就钻进一辆车扬长而去，跟我占了她大便宜似的。就当时她那样，我对她实在一点兴趣都没有。人家艺术家呢，清高着呢，要孤独要漂泊。就你那熊样我还怕你拖累我呢。我便独自上路了。

大叔敏捷地躲开张小蔓丢的卷纸。张小蔓对林晓路说："你不知道他当时啥样。一脸大胡子，还戴个墨镜跟通缉犯似的。"

那几年到尼泊尔的外国游客，第一站都会到加德满都的塔米尔区。不知道是谁，晚上在超市门口被一个酒鬼缠住，没出息得都要哭了。张小蔓命好，我不及时出现搞不好现在她都缺胳膊少腿儿了。这人不知道跟我说句谢谢，还叫我少管闲事。我问她住哪的意思是这么危险我送她回去，瞧她那点素质！

塔米尔区也就那么点大。又不知道是谁，吃完饭把装着所有现金啊证件啊的挎包搁桌上给人当小费了。真大方呀！我拿了包叫她，她还不理我，以为我要怎么她似的，害我追了半条街。这次张小蔓同学终于对我说了声谢谢。

但还是态度不改地拍拍屁股就走人。这个时候我对她这种行为，已经感到非常习惯了。

要走的时候，我看见一个店铺门口挂着这个佛头，再一看，哟，这不是张小蔓同学吗？正指着佛头跟店主讲价呢。瞧她那激动样，喜欢全写在脸上。人家当然不给她降价了。我走过去没等她反应过来就按店主开的价买下包好带走了。这是对这位同学不知好歹的惩罚。

没想到张小蔓就为了佛头跟着我回中国，我搬家无数次她还是嗅着佛头的踪迹顽强地找来了。要是我把佛头卖给你，她就会跟到你家去了。她根本就是个害虫。你看，你看。她现在的行为充分证明了这一点。我有责任不让她危害群众。

张小蔓大喊道："你这是扭曲事实！"大叔用手抵住张小蔓的猫抓攻击。本篇完。

2 / 化尴尬为舞蹈

这是林晓路过得最开心的一个寒假。大叔事务繁忙，就雇林晓路在"公园旁边"看店。除了赚点零花钱，还有最好的福利——后面的杂物间其实是一个藏书房，大叔将更多宝贝的书都珍藏在里面。反复叮嘱了林晓路"阅读前要洗手""一定要爱惜这些书""绝对不许带出店"后，向林晓路宣布这个藏书房向她开放。

在藏书房里林晓路还找到了一本张小蔓的画册，上面印着张小蔓的照片，照片上她恰到好处地浅浅笑着,穿着一件黑色长裙,像不食人间烟火的仙女。

林晓路断断续续知道,张小蔓是个小有名气的画家,大部分时间都在上海工作。大叔一边开这个店一边接一些设计活。大叔跟小蔓一起在法国留学过,还去了很多国家。他们曾在巴黎的铁塔下拥抱,在西班牙的热情中舞蹈,在印度的美味里食物中毒……他们俩对林晓路来说,完全就是从五光十色的、电影般的生活中走出来的人。

林晓路从储藏室探出头,用崇拜的眼神朝大叔和小蔓望去。小蔓正拿着游戏手柄边玩《生化危机》边紧张地尖叫:"啊呀呀呀,没血啦!老胡快来帮我!"大叔连滚带爬地冲过来,接过手柄继续打僵尸。真难相信张小蔓就是照片里那个仙女般的画家。

但看着她和大叔挤在沙发上,吵吵闹闹地像两个小孩似地玩着游戏,林晓路心里暖洋洋的。他们俩能遇到一起,多幸福啊。

小蔓在的日子,大叔就给自己放假。店里只剩林晓路一个人的时候,她就摊开速写本趴在玻璃柜台上临摹起高迪的建筑。想着韩彻应该也临摹过这本书,心里就美得左摇右晃起来。林晓路还是有些害怕和人类相处的——尤其是大叔这样气场很强的人类。鼓起勇气在这里打工,还有一个很重要的原因。听说,韩彻也在这里打过工。每当有人从门口经过,她总是立刻挺直坐好,期盼着韩彻会从门口走进来。

"但我并没有在那样的时候遇到韩彻,而是在一个本该平静过去的下午……小蔓姐在楼上上网,大叔在擦拭他奇怪的雕像,我正在大叔的储藏室里,从一座小书山的底部,抽出一本莫奈的画册。还不知道自己对莫奈色彩的渴望,会让自己追悔莫及……"——节选自《墨水点白皮书》

用力拽出莫奈画册的瞬间,书山失去了平衡,二三十本以极不科学的方式堆放的厚实画册摇晃起来。听到自己心爱藏书轰然倒地的声音,大叔一定会嚎叫着冲进来。如果掉到地上磕碰了书角,后果更是不堪设想……林晓路赶忙拼了命地扶住那堆书。

就在她挑战着自己臂力极限的危急时刻,忽然听到大叔用爽朗的声音说:"呀!韩彻!你好久没来了呢!"

"去参加美术集训了。"韩彻的声音听起来很疲惫。

"对哦,你都高三了。怎么样,想好考什么学校了吗?"

林晓路紧张地竖起耳朵。韩彻像在用力思考着一般,沉默了十几秒后答道:"就美术学院吧。老胡,最近有什么新模型吗?"

"好啦,这段时间我就不卖模型给你了。等你考完,你最想要的那个,我五折给你!"

"真的吗?"韩彻的声音精神起来。"好!谢谢老胡!我还得去补习班呢,先走了!"

"加油啊!"

可怜了储藏室的林晓路,就这样错过了整个寒假唯一一次见到韩彻的机会。待她终于稳住那堆书后,花了一分钟挥舞着双手扭动着身体用无声的呐喊来释放心中的感慨。

然后深呼吸,拍了拍脸颊让自己恢复正常,抓起那本罪魁祸首的画册走到外面,若无其事地问:"什么打五折呀?"

大叔指指货架顶上的一个大盒子。

林晓路:"轮船模型?"

"笨！航空母舰！"

"谁会喜欢这种东西呀？"林晓路装出轻蔑的口气丢出这个算计了半天的问题。

"你的校友啊！"大叔当然不会懂这些女孩子的心计。

"谁呀？"林晓路的迷惑装得入木三分。

"一个忧郁的文艺少年。"此刻大叔东拉西扯的个性正合林晓路的心意，"就是那个以前帮我看过店的男孩！也总拿个本子在那儿画呀画呀的！"他停顿了一下皱眉作思考状，"说起来那个文艺少年跟你可真像！也总表情严肃又不爱说话！你们学校的学生作风还真统一啊！"

"吓？"林晓路眼睛忽闪忽闪地等着大叔透露更多韩彻的信息。

"嗯……你吧，还是比他开朗一点的。因为你内心还是希望跟人沟通的。"大叔扬起半边眉毛打量林晓路一番后说，"我开始以为你是个自闭的闷蛋，后来发现其实你比同龄小姑娘要懂事多了。"

大叔一边擦木雕一边继续说："你比其他人更懂得接受别人的好意。但实在太害羞太拘谨了！对别人要大方点！向你小蔓姐好好学习吧！"

我的内心是希望跟别人沟通的？她自己倒是从未想过这个问题。

大叔不晓得她的小心计，却把她的破性格看透彻了。大叔是在表扬我吧？林晓路在感动又害羞的情绪交织中，刷地红了脸。

为了缓和这样的状态，她毫无征兆地用缓慢的动作跳起了姿势奇怪的舞蹈。

"我晓得你想掩饰内心的尴尬！看！脸都红了！"大叔被林晓路逗得哈哈哈大笑却还是毫不留情地揭穿了她。

"这位同学，上课时请不要打岔。这个舞蹈叫做鹤与猴子的雀跃。"林晓路仰起脖子，用非常严肃的语气对大叔说。

3 / 我是违背地心引力的

韩彻是个跟自己很像的人？

喜欢一个人，有时候就会希望自己跟他很像，然后去他去过的地方，看他看过的书，认识他认识的人吧？

虽然从未跟韩彻说过一句话，却都把目光重叠在高迪的建筑上那些绚丽的色彩中，都曾这样安静地走在芳草西街上，心情甜蜜的林晓路脚步轻快得好像要飞起来一样。

"原来我是违背地心引力的，比较接近上帝。"

路过"小酒馆"的时候，林晓路总会想起这句歌词。这是成都著名的酒吧。标志性的黑色墙面上，不符合地心引力地钉着红色的小板凳儿和桌子。成都的摇滚青年们视这里为圣地。

此刻也有乐队在排练，里面传来轰隆隆的声音。林晓路从玻璃外往里瞅，几个黑色系的摇滚青年正在奋力地挥洒汗水。学艺术的女孩，很容易就会对摇滚青年怀有特别的好感。林晓路也对他们充满了敬意，却也觉得他们像有一层保护罩的外星人类，住在另一个空间维度里，既cool又神秘，比一般人类更加难以接近。

"进去看看"是一个和"去跟韩彻问好"一样的，在林晓路的操作系统里根本不会出现的指令。她会大费周章地打探偷窥猜测幻想，却从未想过自己可以大方地推门走进去。

"借过。"一个低沉的声音让林晓路闪到了一边,背着吉他的任东推门进去,丝毫没注意到穿着便服的林晓路。一个黑影蹦到林晓路面前没好气地问:"你在这儿干什么!"

林晓路的视线里一下塞满黑色蓬蓬裙蕾丝花边粉红小皮靴,觉得眼花缭乱。有摇滚星少女和自己说话?林晓路紧张地挠起头问:"不好意思,你是?"

"我是谢思遥!"谢思遥本以为林晓路看到自己会灰溜溜地夹着尾巴逃跑,可她居然连自己是谁都不知道!真是太不把她放眼里了。林晓路此时的大脑已处于当机状态,呆呆地说了真心话:"你打扮成朋克少女可真好看,我没认出来……"

男生的夸奖对谢思遥来说并不稀奇,她知道自己外貌上的优势。可林晓路这种脱线的怪人毫无由来地赞美她却是第一次。这怪人傻归傻,还挺懂审美的嘛,谢思遥得意地笑了:"这还用你说!"

没穿校服的苏妍也美得让林晓路吃惊。她的妆比谢思遥淡,穿着浅灰简洁的毛线短裙,黑色的裤袜裹着修长的腿,看起来成熟了很多。

"林晓路?太好了!"苏妍的表情很开心,声音依然是冷冷的,"我一个同学的电话都没有,一直想找人问问寒假到底要写几篇周记。"林晓路没想到苏妍还会关心这个,答道:"五篇,每篇五百字。"

"呃?还有这么烦人的作业?我都忘了。"谢思遥不满地皱起眉头。苏妍把手放在谢思遥肩上说:"放心吧,那个被我发了好人卡的人,已经好心地帮我写了十几篇周记,连你的那份也有了。"

"亲爱的,你对我太好了!"谢思遥拦腰抱住比她高出不少的苏妍撒起娇来。

林晓路的心里很羡慕她们。她们自信漂亮又有魄力,能自然地表达出自己的喜怒哀乐,能轻松地和人类相处。

"要进去看排练吗?"苏妍居然对林晓路发出了邀请。

"不啦。我得回去啦!"林晓路开始觉得空气有点稀薄,便装出一副自己好忙好忙的样子,挥挥手一路小跑地逃走了。

4 /《银河铁道999》

林晓路临摹了满满一速写本高迪的建筑物后,寒假过完了。

新学期分配座位时,班主任陈蓉提出了新方案——让大家按名次的顺序自由选择座位。在艺术职高里,并不是每个学生都在乎文化课成绩,保证成绩好的人能坐在他们喜欢的位置就好了。

陈老师满以为这样一来,成绩好、会专心听课的人将集中在前排,自己讲课也没么费劲了。可前十几名都选过了,第一二排还空着。"粉笔灰太大。""仰头看黑板好累。"考得好的同学们一边七嘴八舌地说着,一边坐到了后面。

考第25名的林晓路毫不犹豫地选了第一排最左边靠窗户那个她心仪已久的位置。

虽然从这个角度看黑板有点累,但从窗户里能看对面教学楼的墙壁上爬着随四季变换颜色的藤蔓植物,还有远处的一座水塔。也不管高迪爷爷是不是高兴,林晓路就将这个水塔想象成圣家族大教堂了。而成都灰蒙蒙的天空下,窗框里的一小片风景,在她的脑海中,像照耀着来自巴塞罗那的阳光,开始熠熠生辉了。

轮到苏妍挑选位置，谢思遥在后排朝着她拼命招手，示意她坐过去。这两大麻烦坐到一起不是要翻天！陈老师早防着这一出呢，手指一挥，喝道："你们！不许坐一块！"

苏妍对着谢思遥耸耸肩，就走到林晓路旁边坐下了。陈老师对苏妍的配合很满意，林晓路却咣当一声从自己漂浮的小心情里跌落了。

教室里乱哄哄的，谢思遥隔着两排人大声地喊苏妍。

"谢思遥！你是不是要我把你调到右边最后一排！"陈老师大喝一声，让刚选完位置忙着跟左邻右舍联络感情的同学瞬间安静。她其实脾气不坏，但班主任在必要的时候得气运丹田。

"又不是她一个人在闹！"苏妍面无表情地瞪着陈蓉，冷冷的声音在静悄悄的教室里很刺耳。气氛骤然紧张起来，大家都盯着陈老师的脸，等待着一场暴风骤雨。陈老师瞪了苏妍五秒钟也没能减弱她的气势。转念一想何必在开学第一天就伤自己元气。班主任要在适当的时候假装失忆。

看完这一幕林晓路忽然想起，上学期，新来的语文老师要求大家做自我介绍的时候，有个女生面无表情站起来，用冷淡的口气说："您不用知道我叫什么，我不喜欢这些没用的课。希望您别抽我回答问题。"那个人就是苏妍！虽然在校外偶然遇到看起来还算亲切，但和这样的人当同桌……她朝自己转过头来了！林晓路一紧张书包滑了下来，掉出几本书。

"这，这难道是《银河铁道999》！"苏妍低头捡起其中的一本四拼一的盗版漫画，声调中多了不曾有过的热度，"我好喜欢这套漫画啊。小时候还有一套原版的呢！"

"原版的！？好棒啊！"林晓路心生向往，她也很喜欢这套书。那时候，原版漫画在大陆可是稀有的奢侈物品。连原版漫画长什么样都没见过的林晓路，只能消费到四拼一的盗版漫画。（在此深表歉意。）要是能看到原版漫画，哪怕摸一摸，感觉也像是见了作者本人呢。"

"可惜搬家弄丢了，为此我还大哭了一场呢。一直想再读一遍。"苏妍用眷恋的目光看着那本书的封面，好像遇见了失散多年的兄妹。

看起来冰冰冷冷的苏妍，居然会因为丢了《银河铁道999》而大哭。喜欢这套漫画的人，不会是坏人的。林晓路心中的堡垒，对苏妍放下了防备，热情地说："我借给你看吧！明天我把另外几本也给你带来！"

三月的天气开始渐渐转暖，这时候的阳光是有透明感的。春天其实就只有这么短暂的几天，周围的一切温和地萌动出新生命。而后，很快夏天将扑面而来，一切都要喧嚣起来了。

那时候林晓路还不知道，很多年之后她会很怀念这一段时光，她跟苏妍坐在教室的角落里各自埋头看书，或各自写写画画的日子。

5 / 旺财与葱香排骨

数学课上，数学老师已经放弃了叫喊，用无可奈何的语气对吵吵嚷嚷的同学们说："不听课的同学，请你们说话小声点！"为了响应这个号召，谢思遥换座位到苏妍后面，好跟她小声讲话。

林晓路在速写本上画着涂鸦，旁边两个女孩的声音里传播着她从未注意到的事情——谁喜欢谁，谁家父母闹离婚，谁跟谁闹矛盾，谁阴险谁磊落……在这个班读了一年的书，却对发生在这五十平方米不到的小空间里的事一无所知，林晓路果然是一个梦游在自己世界里的人。

刚开学没几天，谢思遥又不消停了，正磨着苏妍跟她一起逃晚自习呢。

"你就陪我去吧！我今天必须去跟他把话说清楚了。我和他只能做朋友。"谢思遥央求着苏妍。

苏妍的声音中带着一种亲昵的嘲讽："你是说，当那种陪你逛街拎包买单却不能动你一根指头的'朋友'？"谢思遥说："让他付账是给他面子。你就陪我去嘛……"

"我很怕陈蓉啊，今天是她的晚自习。"苏妍说。

谢思遥被推三阻四的苏妍搞得不耐烦了，提高声调说："你才不怕陈老师呢，你是怕见到旺财！"

旺财？那不是狗的名字么？听到这么莫名其妙的对话林晓路忍不住抬头看了一眼苏妍，发现她没来由地脸红了。

苏妍的声音像冰一样："别把我扯进去，他追的人是你。"

"我知道你对旺财很有好感，可我是真不喜欢那种类型的人……而且我已经有喜欢的人了。"谢思遥说着，心情沉重地朝后面一对正开心聊天的同学望了望，哀叹了一声。

苏妍也陪她叹了口气，语气变得柔和了："你还对陆文卓不死心啊？他跟顾雪瑞可是公认的最佳情侣，连家长和老师都拆不散他们啊……"这对最佳情侣，一个是皮肤黝黑的体育委员阳光少年，一个是面白如雪的学习委员温婉少女。一动一静，一黑一白。他们的恋情被班上同学誉为"牛奶和巧克力的完美搭配"。

谢思遥趴在桌上，眼角泛起泪光："我觉得陆文卓是喜欢我的……只是他自己都不知道。"

当局者迷啊，苏妍可没少为这事陪谢思遥伤心。刚入学不久，陆文卓在操场上帅气的投篮动作，就深深地吸引了谢思遥。行动派谢思遥立刻就买了饮料，在中场休息的时候递了过去。陆文卓接过饮料，一口气喝光，然后拍了拍谢思遥的肩膀说："谢了。"谢思遥的心小鹿乱撞，一头栽进了漫长的单恋里。

他和顾雪瑞的恋情公开后，谢思遥也没有放弃继续对陆文卓示好。陆文卓那运动型的开朗大脑没有处理这类暧昧信息的区域。谢思遥给予的好意，他都心思单纯地接受，有时还像对待小宠物般摸摸她的头，拍拍她的肩。他的无心举动在谢思遥爱慕的眼光中显得意味深长，希望在她心中渐渐扩大。

就算他跟顾雪瑞已经是一对了，惯性还是驱使着谢思遥朝着毫无希望的方向前进。陆文卓可能感觉到过谢思遥对他的爱慕，但本能地屏蔽了，无心地任由她留在自己恋情的角落里。

这种无心，最伤人了。

"哎，我想想办法陪你逃课散散心吧。"苏妍心软了。

林晓路想出办法。

谢思遥觉得林晓路的计划非常愚蠢：她们两个趴在桌子上装肚子疼，让陈蓉准她们病假……怎么可能？这种藐视老师智商的烂招数，小学生都不会用。但林晓路却自信地说："有胜算。"

行动开始：

林晓路先装作很痛苦的样子跑到陈老师办公室说她肚子痛要请假回家。这个从未惹过任何麻烦看起来非常老实的同学立刻就得到了陈老师的信任，担忧地问她是不是吃了什么不干净的东西。

林晓路假装很认真地思考了一会儿，然后恍然大悟地说："呀，苏妍做的葱香排骨……她说秘方是要放很多的葱和蜂蜜。我觉得好像不太对，只吃了一块。剩下的她们吃光了。"

　　蜂蜜和葱一起吃是会导致食物中毒的！陈老师差点跳起来，焦急地问还有哪些人吃了。答案当然是苏妍和谢思遥。陈老师对面相老实的林晓路深信不疑："她们两个呢？回家了吗？"

　　"她们还在教室。"林晓路知道谢思遥和苏妍已经趴在桌子上就位了。

　　"我去看看！"陈老师说，"你快回家吧，如果出现更严重的情况一定要去看医生。需要同学送你回家吗？"

　　"我能回去的。但她们两个可能需要人送一下。"

　　然后林晓路躲在校门外的墙角处悄悄欣赏自己说谎的效果，陆文卓背着谢思遥走出校门，和她一起坐进了出租车。苏妍目送那辆车远去后，独自上了另一辆车。关上车门时发现了墙角的林晓路，灿烂地笑着跟她挥了挥手。从不惹事的林晓路说的谎，效果好到隔天中午苏妍和谢思遥才来学校，陈老师也没多说什么，还特别和蔼地笑着责备她们连起码的生活常识都没有。林晓路心里忽然有点内疚。

　　她后来才渐渐明白，陈老师虽然总是喋喋不休，却有她特有的宽容。对于苏妍这样对老师充满敌意的学生，陈老师总是一边轻松地避开她身上的刺，一边对她保持着一份不过多干涉的关心。对于班上的其他同学，陈老师也一样，从未抱有任何偏见，她会激励成绩好的同学，却从不羞辱成绩差的同学，只要求他们尽够努力。

　　如果初中的李惠仁老师也能这样，我会不会是个稍微开朗点的人呢？这个念头在林晓路脑中只是微弱地一闪而过,就消失在了意识的黑洞里,再没被想起。

6 / 告白与哀愁

"葱香排骨事件"后,谢思遥对林晓路的记恨完全消失了。苏妍发现林晓路总一个人在餐厅角落吃午饭,午饭时间和各种行动都要拉上林晓路一起。"当然要一起吃饭了。我们是朋友啊。"苏妍依然用事不关己的语气对林晓路说,她对人这种外冷内热的态度,常让其他人以为她不好惹,却让林晓路觉得和她相处起来很轻松。

那天,找到机会和陆文卓独处的谢思遥,终于对他告白。她将自己对他的心意,冲破他用友好隔在她面前的暧昧迷雾,清清楚楚地摆在他面前。陆文卓愣了几秒钟后,礼貌地将扑上来的谢思遥轻轻推开,低头说了一句:"我……我先回去了。"便消失在楼道里。谢思遥因为这不明不白的态度,哭了一场。然后又逐渐回想起,对她的告白,他一点也没有反感,只是不知所措。周一到学校的时候,她又故作开朗若无其事地跟陆文卓打起了招呼。陆文卓却一改平时的开朗态度,看到谢思遥就红了脸,表情有些尴尬。

像是察觉到了敌情的顾雪瑞,却热情地招呼起谢思遥来了。出于某种心虚,谢思遥也热情地回应着。她们友善的笑容,恰如其分的聊天内容,藏满了林晓路理解不了的心机。

午休时间苏妍收到一条短信，便拉着谢思遥往校园的围栏边走去。被和顾雪瑞的外交事务累得半死的谢思遥不情愿地问："干嘛呀？"等走到围栏边上，苏妍才指指外面，说："旺财来找你了。"

"旺财？"林晓路的脑海中出现了一只狗飞奔而来的画面。顺着苏妍的手指过去，尘土飞扬的校园外有一个二十多岁的男人，穿着紧身黑色骷髅衫，戴着金属手链脖链腰链反射着太阳光辉。像是从八十年代美片儿里走出来的时髦小青年，还单腿靠墙站立着。林晓路很介意的是他的头发遮住了一半的眼睛——这样影响视力啊！真想借个发卡给他。

尽管他的装扮，已经在时尚和土气之间倾向于后者了，还是赢得了穿校服的小姑娘们赞扬的目光，细小的赞叹声从周围聚拢来，大家好奇地猜测着来者的身份。

"思遥！"看到谢思遥，旺财露出了和他装束不符的闪闪目光，如果他有尾巴，一定正在欢乐地摇摆着。在周围女生酸酸的目光中，谢思遥心里很得意。像一边宣布着自己对旺财的掌控权，一边又把在陆文卓那里受的气撒在他身上，态度恶劣地对他说："我叫过你别到学校来找我！怎么又来了？"

一脸热情扑上来的旺财，毫无心理准备地在众目睽睽之下被一个小姑娘教训了一番，尴尬地愣住了。苏妍看不下去了，走过来热情地对旺财说："你怎么来了？"

"我就是路过来看看啦，思遥上周不是食物中毒吗？后来电话也不接，我挺担心的。"旺财毕竟是大她们七八岁的成年人，很快就调整了受挫的情绪。

"你看到啦，她挺好的。"苏妍和颜悦色地对旺财说。

"那，后天周六一起出来玩吧！"被苏妍的善意相待，旺财隐形的尾巴似乎又开心地摇摆起来了。而且只要苏妍同意，谢思遥也就会出现了。

89

"周六我们有安排。"谢思遥拒绝了。苏妍赶快说:"周六朋友的乐队要在小酒馆演出,我们都要去捧场。"然后直直地盯着旺财。旺财立刻明白了苏妍的意思,眼睛闪闪发光地说:"我也去吧!"

然后他们两个一起目光热切地望着谢思遥,眼巴巴地盼望她点头。谢思遥只好说:"除非你请客,还要买我们三个的门票。"说完对旺财指了指林晓路,表示她是第三个人。才第一次见面就给人家添麻烦,林晓路很不好意思地对着旺财小幅度地挥了挥手。

听到谢思遥的语气中又有了柔和的撒娇成分,旺财立刻就不计前嫌了,大方地说:"这是必需的呀!"

谢思遥对旺财摆摆手说:"好啦好啦快走吧,我们要上课了。"便转身走了。旺财感激地对苏妍点点头,消失在了街对面。

苏妍一边往教室里走,一边像是自言自语,又像是对谢思遥说:"旺财其实人挺好的。"

谢思遥听着,很认真地对苏妍说:"那种人,是不会认真对待感情的,就是想骗小姑娘上床而已。"任东是她干哥哥,有很多玩乐队的朋友,她能周旋其中博得这些雄性动物的好感,却又拿捏恰当不伤害自己。她早看透了旺财对她穷追不舍,只是因为很难得手。

"怎么会。喜欢他的人多了去了,用得着骗么。"苏妍用很难听出情绪变化的语气说。

"苏妍,你最好离他远点,我知道你……"

谢思遥还没说完苏妍就打断了她,说:"别讨论这个了。上课去吧。"

前面的两个女孩,语句之间真正的意义都漂浮在林晓路的大脑之外,比谁喜欢谁更复杂一些的，她都不会去想。她想的是坐在高三（2）班教室里被高考的硝烟包围的韩彻。再过几个月，他就要离开校园，走入她想象中的色彩里去了。

小学的时候，林晓路曾对一个男孩说过："我喜欢你。"忘了那男孩的样子，也忘了为什么喜欢，只是想告诉他这句话而已。说完这句话，她就看着地上的跳跃起伏的阳光，把呆呆的男孩留在身后，快乐地跑开了。林晓路只是想让他知道，他是被人喜欢着的而已，无需任何回应。

可这个场面却被那男孩的喜欢捉弄人的死党看到了，在黑板上写下让她尴尬的语言，连她喜欢的男孩，都在背后对她指指点点。那场风波怎么平息的，林晓路已经忘了。只是牢牢地记住了教训，喜欢谁是一件和别人无关的事情，留给自己当秘密就好了。

7 / 一杯柠檬水喝得滋滋儿响

林晓路站在小酒馆门口，感觉空气很稀薄。不到50平方米的空间里，挤满了全城的摇滚星人。她看到苏妍在里面，像是从另一个世界挥手叫她进去。沉闷的音乐声与黑暗中闪烁的灯光一起，在她和苏妍之间拉扯出一个巨大的扭曲空间。她无法抬脚进去，忽然后悔自己竟然来了这儿。想要掉头一路小跑地离开时，苏妍一把拽住了她的胳膊，将她拖入了摇滚星球。

在来这儿之前，林晓路唯一叫得出名字的著名摇滚星人是科特·柯本，唯一看过的和摇滚有关的东西，是表姐蕊蕊放给她看的科特·柯本的《纽约不插电》专场。电视里小小的舞台上，有个忧伤的年轻人，弹着吉他唱了好多她听不懂的句子。表姐只说了他是最棒的摇滚明星，说他说过一句："与其苟延残喘，不如从容燃烧。"却没有告诉林晓路，在那场演出的五个月以后，那个有着一双忧郁蓝眼睛的摇滚星人，就用一颗子弹结束了自己27岁的生命。

穿过最拥挤的区域，到了看不到舞台的地方，人口密度降低了，林晓路才回过神来。原来任东的乐队是负责暖场的。林晓路站在门口发呆的时候，他们的表演就已经结束了。但能在"小酒馆"露脸，对这个年轻的乐队来说已经是一件很值得庆祝的事了。

裹着黑蕾丝超短蓬蓬裙的谢思遥，眼妆浓得像是把烟灰缸打翻在了脸上，任东乐队的一行人众星捧月般簇拥着她。旁边的角落里，一脸阴沉的旺财坐在几个很节约布料的女人中喝着酒。

"什么呀，你穿成这样他们也放你进来？"谢思遥一脸嫌弃地打量着林晓路的黑色运动衫。

林晓路的脸刷地红了。她所有的衣服都差不多是这样的款，跟校服没多大区别——是在大超市成堆的打折服装推车里选的。

"人家这走的是简约路线。"苏妍拽着林晓路坐下，对谢思遥说："瞧你，三月天就露个小细腿，真是服务大众啊。"

苏妍好体贴，林晓路心里很感激。而且这么一说，大家都把视线集中到了谢思遥冒着初春的寒冷露出来的小～细～腿儿上了。谢思遥心里很美。

"我不是批判她的品味！我的意思是她这样太像个高中生啦，居然也放她进酒吧。"谢思遥晃着自己的小细腿儿说。

"学生就该有个学生的样！"闷在角落里一声不吭的旺财忽然大吼了一句，把围着他正软言细语的姑娘们吓了一跳，喝完他请的酒便一去不回了。

乐队的正式表演开始了。谢思遥没搭理旺财，拉着大块头大白撒娇说："我好喜欢木马乐队的，人太多看不到怎么办呀……"心仪谢思遥已久的大白满心欢喜地说："来吧，骑在我肩上！"

苏妍悄悄对林晓路说："旺财太可怜啦，买了所有人的票，请所有人喝酒，还被晾在一边，我们去陪陪他吧。"

同坐在一张桌子前，林晓路也听不清苏妍和旺财的对话。音乐声那么大，两人不得不凑在一起咬耳朵。后面的任东，看着他俩靠在一起的背影，一杯接一杯地喝着啤酒。

林晓路目光呆滞地望向舞台——只看得到一片密集的人墙，随着节奏黑压压地晃动。乐队的主唱声音低沉面容模糊。林晓路只听清了一句歌词：

"最后的事要你自己决定，最后的事要你自己决定。"

那重重的鼓点敲打着狭小空间里每个人的耳膜。他们说了什么，他们做了什么，暧昧的神情里到底藏着什么心情？你相信什么，你看到什么，要你自己决定。谢思遥用手挽着大白脖子嬉闹的时候，苏妍帮旺财叫了第四杯伏特加。

此情此景，林晓路只好低头默默地喝着一杯柠檬水，这儿最便宜的饮料也是她两天的午餐费了。虽然是旺财请客，她也不好意思多点东西。于是她将视线集中在水杯上，用"水就是生命的源泉"的珍惜心情，一小口一小口地认真喝着。

但 250 毫升的柠檬水在嗞嗞作响的声音里，终究还是见底了，空空的杯子盛满林晓路不知所措的尴尬。

幸好此时旺财摇摇晃晃地站了起来，说："我要走了。"苏妍也站了起来："我送你回去吧，都喝成这样了。"

"别开玩笑，我一个大男人。"旺财一甩手，苏妍顺势抓住他的手说："我和你顺路。"

"是吗？"旺财意味深长地看着苏妍的眼睛。

"当然。"苏妍毫不畏惧地迎上他的目光，暧昧情愫流淌在两人间的浓稠空气里，周围昏暗的一切被闪烁的灯光照成一闪而过的浮光掠影。他俩只差 1 厘米就要贴在一起，在灯光下开始旋转了。

此时，林晓路不知趣地站起来，说了句："我也跟你们一起走吧。"
……

"那就一起走吧。出租车绕一下先送你回家。这么晚了，你一个小姑娘不安全。"旺财还真是个好人，半醉的时候依然保持了和他金属系装扮不符的绅士风度。

"是啊，就绕一点而已啦。"苏妍一边附和着旺财的话，一边悄悄使眼色让林晓路快走。

"不啦，我家不远，我得骑自行车回去。"林晓路心领神会地谢绝了他们的好意。

出租车刚开走，在墙背后开自行车锁的林晓路听到了谢思遥焦急的声音："任东！你看，来不及了吧！你怎么可以让苏妍就这样跟那个家伙走了！你明明那么喜欢她!"

任东点了一根烟,凌厉的轮廓在火光中闪了一下,就熄灭了,他说:"那是她自己做的决定。我出来只是想抽根烟。"谢思遥气得摔门就进去了。只剩下任东一个人背对着小酒馆的玻璃门静静地抽着烟。室内忽明忽暗的灯光穿过他的背,在地上投射下晃动的影子。林晓路听到他深深地叹了口气。

从摇滚星逃离,世界忽然很安静,安静得能听到一个影子在地上晃动时的悲伤情绪。

8 / 该发生的和不该发生的

周一的午餐时间。谢思遥将一碗汤放在餐桌上,重重地拉出凳子在苏妍旁边坐下。林晓路知道谢思遥又对自己的身材不满意了,她本来就已经够瘦了,又细胳膊细腿儿的,还是没完没了地嚷着要减肥。这碗清澈见底的汤就是她的午饭了。

也许是因为饿着肚子情绪不好,谢思遥语调尖锐地质问苏妍:"你干嘛一上午都躲着我?"

"我不是在这儿么?"苏妍头也不抬地说。

"你为什么不回我短信?打电话也不接?"谢思遥的语气中还是有一丝关心的。

"手机没电。"

"整个周末都没电!?"

苏妍知道迟早要摊牌的,干脆地回答道:"我周末都在旺财家,没回去。"

虽然这是谢思遥意料之中的答案,但她还是惊讶得结巴了一下,说:"你……你和他……"

苏妍不等她问完就冷冷地说:"嗯。该发生的都发生了。"

谢思遥终于按不住火气了,对苏妍大叫道:"你明明知道他是什么样的人!干嘛要这样犯贱!?他又不喜欢你!"

"思遥,不管他是什么样的人,不管他喜不喜欢我。我喜欢他就行了。"苏妍抬起头来,看着谢思遥的眼睛对她说。

几个月前,苏妍和谢思遥逛街的时候,正说着陆文卓呢,谢思遥低头红着脸羞涩地笑着,配合了成都平原难得的阳光,这一幕正好映入旺财眼中。接到一家广告公司的插画工作从北京来到成都的旺财,在陌生的城市倍感孤独。谢思遥那泛着红晕的羞涩笑容,让阅人无数的风流浪子旺财心里一颤。立刻就跑去搭讪。

但旺财和谢思遥都不知道,那一刻苏妍看到了旺财,认出旺财是一个插画家——不久前她在一本杂志上看到了他的画,读到了他的采访。他的画里,有种将自己灵魂里的痛苦快乐都撕碎了,然后将它们全部抹在画布上的孤独感。杂志上那张望向镜头,眼神中写满不解的帅气照片,挠痒了苏妍的少女心。她捧着杂志叹了口气,心想:"和这样的人谈恋爱,一定很棒吧。"那个想法只是在她脑海里一闪而过罢了。小女生的小幻想能有什么害处嘛……谁知道他会莫名其妙地就出现在了她的生活里呢?

苏妍告诉过谢思遥她一直仰慕旺财的才华,期望她的谅解。

可谢思遥却站了起来,挥手打翻面前那碗汤,像是要扇苏妍一耳光让她清醒过来一般对她说:"你要和他交往,就别和我做朋友了!"然后恶狠狠地骂退围观的同学,走出了食堂。

林晓路惊讶地看着被溅了一脸汤的苏妍,正不知所措时,苏妍慢慢地站起来朝食堂外走去。林晓路赶忙跟了上去,心里想着如果苏妍和谢思遥打起来,她肯定是要帮苏妍的。但苏妍完全没有要去追打谢思遥的意思,只是去水槽边洗了脸。

对于这次事件,苏妍只是淡淡地说:"谢思遥总以为每个人都该按她的想法来做事……我受够啦。"

苏妍和谢思遥的关系迅速冰冻,不再天天形影不离了。谢思遥居然加入了顾雪瑞的"好好学习"小团体,苏妍才不相信她是想好好学习呢,只是寻找各种理由在陆文卓面前晃罢了。

无聊的上课时间没了谢思遥的聒噪,林晓路不得不承担起和苏妍对话的责任来。慢慢知道了旺财的本名其实叫王成。苏妍说他在成都的工作很快就要完成了,要回北京去了。

在林晓路对恋爱懵懵懂懂的脑子里,总以为恋人在一起了就会永远在一起。所以听到这个担心起苏妍来了。苏妍只是淡淡地笑着说:"我早就知道这是一场短暂的恋爱。而且……我知道他生活里还有很多别的女孩。我们长久不了的。"

林晓路的大脑完全无法理解这样的事情,惊讶地问:"那你为什么还要和他在一起啊?!"

苏妍将林晓路因为无知而产生的惊讶,当成一种和谢思遥类似的,但要温和得多的责备。于是作出一副毫不在乎的样子,冷笑着说:"因为我犯贱。"

于是林晓路将自己词典里"犯贱"这个词的解释修改为"明明知道会受伤，还是勇往直前"。

"其实，晓路，你也有喜欢的人吧。所以你才这么支持我。"苏妍忽然毫无防备地问林晓路。

韩彻。韩彻。韩彻。

被问到心事的林晓路心怦怦怦地跳了起来，脸一下就红了。但她坚定地说："没有！"

虽然谁喜欢谁是好朋友之间最该要分享的秘密，但林晓路不准备将她的秘密跟任何人提起。她为自己对跟她分享了所有心事的苏妍说谎感到内疚。但她绝不后悔。假如要她们谈论韩彻像平时谈论陆文卓和王成那样的话，就真是世界末日了。

9 / 阴郁而开心

五一的时候，成都的空气变得很潮湿，不下雨的时候，太阳也只是灰蒙蒙的云层里一团发白的光斑。姨妈拒绝了妈妈和林晓路去她家造访，因为表姐马上就要高考了，她家已经提前进入全面戒备。一切和高考无关的事物，都不能出现在家里。

也许是为了表达歉意，表姐把自己还很新的 MP3 送给了林晓路。林晓路常从家境相对富裕的表姐那里收到各种礼物。小时候是表姐穿不下了的衣服和鞋子，长大后是表姐换下来的电脑、随身听……虽然常被拿来和品学兼优的表姐做比较，林晓路还是很高兴有这位表姐的。

拿着这个MP3，她开心地想起表姐很喜欢音乐，说不定还有好听的歌在里面。把耳机塞好，按下播放键……如雷贯耳地传来朗诵英语课本的声音——MP3里，全部都是英语课本的内容。表姐真用功……林晓路很惭愧。

节假日到"公园旁边"晃悠，是林晓路的例行项目。但"公园旁边"的卷帘门上，却贴着大叔用难看而随便的字写的"休业"告示。大叔此刻也许正在世界的某个角落里，跟张小蔓一起展开他们华丽的冒险。

骑车晃过韩彻家的那条小巷时，林晓路还是忍不住张望了一会儿，期待能看到韩彻。现在是高三学生最后冲刺的阶段，韩彻正在辛苦地拼搏，自己却什么也不能为他做……林晓路的心情又低落了。

不，有一件事可以做。

双层巴士摇晃着。城市里毫无特色的方块建筑在视线里退退停停。

这时，如果有人看到独自坐在第二层第一排听着音乐看着窗外的林晓路，一定觉得她是个心事重重的烦恼少女。但林晓路没注意到车窗玻璃上自己表情严肃的倒影，她正开心地跟着音乐一起，在自己脑海中幻化出来的城市风景里旋转漂浮。

这是她最喜欢的游戏，花一元钱的公交车费，坐上双层巴士。假装自己正在穿越一个完全陌生的城市。那些灰蒙蒙方块大楼在她的想象里被涂抹上斑驳的色彩，幻化出全新的风景。不由自主地，她又在想象中轻飘飘地抵达了巴塞罗那，她站在高迪教堂的塔尖，俯瞰着那个绚丽的城市，在她脚下旋转了起来。她在白日梦中抵达了终点站。

一路车的终点在成都北郊,下车走一小段路就到了昭觉寺。它的历史可以追溯到汉朝时期。不擅长背书的林晓路当然不知道这些。她喜欢这个地方,是因为别的原因。

没有法会的日子,这里游人稀少,一片清静。麻雀在地上跳跃着,林晓路小心地走着,尽量不惊动现在在城市里已经显得珍贵的普通鸟类。穿过几个幽暗的殿堂,路过那些神色和蔼的各路神佛,寺庙深处,一片绿地豁然开朗。满眼都是绿色,空气中流动着植物的芬芳。然后,她站在了一棵千年古树巨大树冠的影子里。它庞大的躯体包围起一片宁静的空间。

林晓路就是为了看它,才来昭觉寺的。她站在它高大的躯干下,抬头像见到老朋友一般,对它说:"你好呀,树神。"

林晓路相信一切有年头的事物,都有某种神秘力量。当她第一次抬头仰望这棵树的时候,就从它沙沙抖动的叶子里,看到了一种慈祥的神情。一想到它站在这里,看着脚下一千多年的变化,莫名的感动就涌上林晓路心里。她相信它可以听到人们的对话,树纹里藏着从古至今很多人的心事和秘密。静静站在下面,就会觉得心情很平静。

所以林晓路相信,把自己不过分的心愿说给这棵大树听,比对着寺庙里严肃的佛像祈祷更有用。她诚恳地双手合十,对着这位一千多岁的朋友,在心里默念她的少女情怀小心愿。

"希望韩彻能考上他理想的学校。希望未来我们还能相遇。"

"我就是犯贱。"苏妍的脸和她说过的那句话,忽然跳入她的脑海,像针一样刺了一下她的心。既然都来了,也顺便把朋友的烦恼都告诉树神吧:"希望苏妍能和她真心喜欢的人在一起。希望谢思遥能渐渐谅解苏妍。"

虽然林晓路喜欢苏妍的程度比谢思遥多得多,但既然来了,就顺便为她祈祷一下吧:"如果不麻烦的话,希望谢思遥也能实现她自己的心愿吧……如果太麻烦就不用管她了。"

在心里说完这些,睁开眼睛的时候,柔和的阳光忽然穿越了茂密的树冠,好像是树神听到了她的声音,所以把光洒在她头顶。林晓路心里洋溢满明亮的快乐。轻声说:"谢谢!"

10 / 六月的甜蜜空气

上帝用七天创造了世界,高中女生能用七天的假期,把她们的小世界折腾出怎样天翻地覆的变化呢?

开课的第一天,教室里出现了人们意想不到的一幕。谢思遥和陆文卓变成一对儿了,在教室里打情骂俏。

而且,经历这场变化的顾雪瑞看起来似乎也很好。她更加专心地学习了。陆文卓和谢思遥的出双入对,她完全视而不见。剪短了头发的她,显得更加清秀了,和朋友们讨论题目的时候,时不时地用手捂着嘴笑出声来。她看起来,一点儿也不在乎和陆文卓分手的事。

"居然给她得逞了,到底发生了什么呀。"苏妍看到这场景,耸耸肩笑了。这笑是对朋友真诚的祝福。她俩依然没有和好,但那种互相怨恨的紧张气氛已经消失了。

到底发生了什么呢?林晓路经过调查推测取证,认为只有以下一个解释才合理:

一定是树神！他先到陆文卓的梦里，一语点醒梦中人："其实你真正喜欢的人是谢思遥哦！"陆文卓恍然大悟，说："对呢！我要和顾雪瑞分手！"

当然，绝不会丢下烦恼少女不管，好人做到底的树神，又去了顾雪瑞的梦中，对她进行一番开导安慰："忘记陆文卓吧，现在先好好学习。以后介绍更好的男人给你！"通情达理的顾雪瑞一听，立刻欢快地答应道："好呀！"

于是，一切就这样完美地解决了！想到自己为这一切在背后悄悄做出的贡献，林晓路得意地傻笑了起来。

苏妍说她整个假期都在提着食物穿过半个城市，到王成的那个充满烟味的小工作室里。看他画画，提醒他吃饭，帮他打扫房间。听到这里，林晓路不满意了。

林晓路以为王成那样的男人会住在高级酒店，每天只用五分钟就能完成工作，剩下的时间都像所有偶像剧里的主角一样带着女主角四处冒险。他们的生活里不会有吃饭、打扫这样家常的任务，他们的生活里必须发生惊心动魄的事件。

苏妍听了忍俊不禁，说打扫房间也会发生惊心动魄的事件。因为会出现恐怖的敌人——小强。只见过指甲盖儿大的北方小蟑螂的王成，第一次看到乌黑油亮五厘米长的南方大蟑螂朝自己的脸飞来的时候，也被吓得不顾身份地抱头鼠窜。

林晓路听到这里更不满意了，一个美少女爱上帅哥插画师的故事里不应该有蟑螂，更不该出现女主角鸡飞狗跳地帮男主角打蟑螂的画面。最后这个故事在林晓路的脑内被修正成英雄插画师王成，在超能少女苏妍的帮助下打败了成都下水道里吃了地沟油变异的巨大蟑螂，成功地拯救了世界。

苏妍不知道林晓路的脑瓜子里在想如此气势恢宏的大故事，继续说着她生活的小情绪。她说王成是成功的商业插画师，却一直把创作漫画当成是自己的梦想。他在成都接到一单房地产商的肥活儿，有了这笔钱，他就要和商业插画一刀两断，专心去创作自己一直想画的漫画。她说明明王成那么有才华，却没有出版商愿意出版他的作品。出版商们都不愿冒险，投资一个没销量保障的作品。但苏妍相信王成最后一定会创作出最好的作品，一定会成功，那些当初不愿签他作品的出版商们，总有一天会后悔的。

林晓路听着苏妍的话，看到她白净的脸上，每个毛孔都洋溢着爱情。那时的我们在一个多简单的年纪里，有梦想的人就会成为我们的英雄，有才华的人就会被我们爱慕崇拜。一路追逐着一个人身上最明亮的闪光，将不了解的那些和他有关的事情，都遗忘在黑暗里。触摸到了一点光，就心怀感激，觉得荣幸。

在苏妍甜丝丝的喃喃细语中，六月到来了。

此刻，三个女孩都恍惚在自己的喜悦里。那些不同的事件却可以带来同样甜蜜的感受。

王成在阳台上从背后抱住苏妍，贴着她的耳朵轻声说："别站在外面要下雨啦。"陆文卓拉着谢思遥的手过马路，他的手心全是汗水，脸上写满一个大男孩的羞涩忐忑。还有我们的林晓路，在走廊与高考之前最后一次来学校的韩彻擦身而过。

林晓路并不着急去靠近韩彻。她等待着，总有一天在什么地方，还会再遇到他。然后，每个人都会幸福的。

夏天的气息蹿进嘈杂的教室,三个女孩主演的青春剧,似乎就应该这样,在此时完美落幕。现在就可以上字幕:

后来,三个女孩各自幸福着。
全剧终。

错。林晓路忽略了这是现实生活,一切永不落幕,日子还将继续着。

四
平行与交错的空间

1 / 雨夜

王成在成都的工作结束了。他离开的那天，苏妍没有去上课。

成都下起了漫无止境的雨，当时，苏妍以为在雨中挥手送别恋人，是最悲伤的事。很久之后她才明白，那样的离别——感觉到自己被放在心上，被喜欢过，其实是一种苦涩的幸福。

这样的离别，和在一起时的亲吻拥抱一样，都让人情绪扩张，都值得被怀念。在雨中目送他远去，爱情还来不及滋长出伤害，相信自己在他生命中留下了特别的印记，对方的温度还留在心里时的离别，其实可以算做开心。

晚自习结束的时候，雨更大了。

谢思遥在教室里对陆文卓撒娇，要他送她回家。个子娇小的谢思遥也许不是最漂亮的女生，却懂得撒娇和装委屈，招人疼爱是她的天赋。陆文卓对她毫无招架之力，晕乎乎地从课桌深处翻出一把紫色碎花的折叠雨伞，背着谢思遥冲进大雨里。

顾雪瑞的女生朋友看了，忍不住厌恶地说："真恶心。"顾雪瑞本人却好像完全看不见他们的存在，仿佛那对在教室里故作恩爱的小情侣是隐形人。尽职地当着学习委员，提醒大家别忘了今天的作业。

无人护送的林晓路有更贴心的朋友——雨衣。

一百多块钱的二手自行车经常出问题。又脱链了。空蹬了几下之后，只好跳下自行车推着走。还好韩彻已经不在学校了。不然这么狼狈的样子被看到可真糟糕。

啊，前面有个看起来比她还狼狈的人。穿着一样的校服，全身湿透的女孩像幽灵一样慢慢地走在前面。很像是恐怖片里的镜头。林晓路的好奇心驱使她加快脚步走到她的旁边，用眼角的余光悄悄打量着这个神秘的女孩。一个全新的校园怪谈故事又要在林晓路脑海里肆意狂奔的时候，她才发现，原来那个人不是什么怨灵，而是顾雪瑞。

"你怎么在雨里走啊？"林晓路问。顾雪瑞没有回答，表情跟怨灵没多大区别。

"你这样会感冒的……你是不是钱包丢了没钱赶车？我借给你吧！"林晓路对这个学习委员还是很有好感的，所以热心地想要帮忙。

"我想走路。"顾雪瑞冷冷地说。

林晓路还是对她放心不下，继续追问："你没有雨伞吗？"

"你别烦我！"听到雨伞两个字，顾雪瑞爆发了。温柔贤淑的学习委员忽然像是被恶灵附体一般，对林晓路咆哮起来，还将她的自行车踢翻在地上。她心中拼命地压抑着痛苦，林晓路却非要到她面前提起。

"是谢思遥叫你来同情我的吧！告诉她不需要！你们全是一伙的！少在这里装模作样了！"顾雪瑞对着林晓路破口大骂起来。

"你们全是一伙的。"这句话，让林晓路心里很难受。她忽然觉得一定是因为自己对树神许了愿，才让顾雪瑞现在承受着失恋的痛苦。这么近地看着顾雪瑞，才发现这一个多月来她瘦得厉害。

林晓路甘心地接受了她的攻击，静静地站在那里，一言不发地让她骂。假如自己可以让一个难受到极点的人发泄出痛苦，这点委屈不算什么。

顾雪瑞骂累了，蹲在雨中大哭了起来。说不定林晓路是全校唯一一个看到顾雪瑞这份狼狈的人。她在大家的视线里一直扮演着让人羡慕的完美角色。她总是平静而温和地面对所有事情，包括失恋。

交往了两年多，她跟陆文卓之间也没什么轰轰烈烈的大事情。一起上学一起放学。见不到面的时候就打打电话，牵牵手就低头脸红。她一直以为这样单纯的日子会继续下去。然后他们一起考上某个大学，再然后像她的父母那样，按部就班地去过一种平淡而幸福的生活。直到谢思遥在一个下雨的夜晚，穿着单薄的衣服，来到陆文卓的楼下，用楚楚可怜的模样夺走了他的心。

分手后陆文卓也许是因为羞愧和内疚，再没和顾雪瑞说过一句话。顾雪瑞也始终是个安静而不会制造正面冲突的女生，于是，陆文卓就像之前屏蔽谢思遥的感情一样，将顾雪瑞的悲伤屏蔽了。

那把紫色碎花的雨伞是他们决定在一起的那天买的。回家路上他们默默地红着脸走着,忽然下起一场淅淅沥沥的雨。陆文卓第一次拉起了她的手,拉着她到了一个超市,两人凑钱买下这把雨伞。

他们交往两年多,顾雪瑞无数次淋着小雨来上学,不带伞,就可以跟陆文卓一起打这把伞回去。每次一下雨,顾雪瑞就很开心。但她总是矜持地压抑住心里的快乐,默默地在自己的座位上等着陆文卓走过来说:"走吧,一起回去。"

那把雨伞对顾雪瑞来说,像是他们恋爱的见证人,就算分手了,也还是曾交换过真心的纪念物,不能玷污。

可初恋不就是我们敞开不成熟的心扉,去靠近另一颗不成熟的心,然后学会被伤心的痛吗?

看着蹲在雨里哭泣的顾雪瑞,林晓路的脑子飞快地转动起来,她决定说一个谎,一个让顾雪瑞好过一点的谎。

她轻轻地将哭得全身发软的顾雪瑞扶起来,对她说:"是陆文卓拜托我送你上出租车的。他让我转告你,他很对不起你,也没有脸见你,更不敢和你说话。他觉得自己是个懦夫。"

林晓路将自己心里对陆文卓的评价,假借他的口对顾雪瑞说了出来。这种促进世界和平的谎言,她说得脸不红心不跳,表情诚恳得连自己都相信了:"他根本配不上你!"

顾雪瑞愣住了。林晓路挥手拦下一辆出租车,把她推进车里,把自己身上所有的钱塞给司机说:"这些钱应该够了,她会告诉你去哪儿的。"

出租车司机收下林晓路存来买漫画书的钱,载着顾雪瑞驶入雨中。

顾雪瑞一点也没怀疑林晓路说的话,那个虚假的道歉,让顾雪瑞冰凉的心恢复了一丝温度。恨一个人其实很费力,很痛。心中怀着恨意,无论她怎么装作坚强,心都在不断地变冷。那个道歉终于让她可以试着去原谅他。原谅了,才可以将过去放下。

第二天,果然是天气预报里说的好天气。久不露面的阳光将雨水和泪水都蒸发得不留痕迹。

林晓路到学校的时候,发现顾雪瑞正在门口等着她。她的眼睛还有点红,但一点也看不出昨天残留的狼狈了。她小声对林晓路说:"昨天的事真不好意思。请帮我保密好吗?"林晓路坚定地点点头。

然后,顾雪瑞在自己脸上挂上了微笑,吸了一口气,走进教室,用很有元气的声音对大家说:"早上好!大家的作业写完没?"

顾雪瑞脸上的笑容是伪装坚强的面具,还是藏起伤口好让它静静愈合的绷带?林晓路不知道。只知道顾雪瑞又变回了那个冷静、温和、认真负责的学习委员。

2 / 亲切的咸蛋超人

"路漫漫其修远兮,吾将上下而求索。"

林晓路在这句话下面坐了一学期都没注意到它。直到陈老师走进教室说所有挂在墙壁上有字的纸都要取下来,因为这里将用做高考考场。大半桌子被搬走,剩下20张桌子被拉开距离,整齐地排开,平时坐满精神涣散的学生的教室,立刻呈现出了高考考场的紧张肃穆感。

可惜所有考生都要交换到别的学校去考试，韩彻不能坐在林晓路参与了布置打扫的这个考室里。她最后一次在学校里见到韩彻，是高三拍毕业照的那天。

下午第二节课结束后，艺术大楼的楼下，高三的同学正在拍毕业纪念照。低年级的同学在周围围观，毫不掩饰地把羡慕的情绪发散到空气里。

林晓路小跑着冲下楼，在那些就要淹没在未知的将来的面孔里寻找着韩彻。

穿着便服的他们忽然都显得那么陌生。吵吵闹闹地拥挤在一起。阳光照耀着他们明亮的脸，他们的目光中带着青涩的成长的痕迹，以为自己已经破茧而出，要抖动着翅膀，等待七月灿烂的烈日照耀。夏天来临，就要各奔东西。按下快门的时候三年的时光在这一刻飞速重现，凝结在那张将被冲洗出来的照片里，夹在影集里，变成记忆。

韩彻，他果然也在这里。

他穿着一件灰色的T恤。独自低头走下为了拍照搭建起来的台子，环顾着教学楼，落寞地看着同班的好朋友们拥抱在一起，为已经结束的三年，沾染上离别的伤感情绪。

"你考上你想考的学校了吗？"

"你还记得你的画被L怪盗偷了吗？"

"你以后会去巴塞罗那吗？"

"你的梦想会实现吗？"

林晓路站在离他20米之外的地方看着他。心里大声喊着这些问题。

她的目光集中在了韩彻的T恤上——上面印着一个Q版咸蛋超人，正摆出变身时的标准造型。左臂握拳抬起护于前胸,右臂呈 90 度举手状。蛋黄状的目光中充满着爱与和平的正义。

第三堂课的铃声响起。

林晓路鼓起勇气,朝着韩彻的方向跑过去。

然后,两个人擦身而过。她还是不会上前去问,也许永远不会上前去问这些问题。她住在属于自己的宇宙空间里,韩彻的空间与她平行。

她安心地这样与他错过,默默地将他留在心底,不想自己的任何情绪在他的意识里留下痕迹。

暗恋是件多么简单就能获得美丽心情的事情,也让她留下一种无厘头的后遗症——那之后,林晓路每次看到咸蛋超人,心里都有一种莫名的亲切感。

3 / 蕊蕊

依然是萝卜排骨汤,林晓路边喝边看新闻。再过几天韩彻就要高考了,记者正在重点中学对高三的学生进行简短的采访。林晓路拿起遥控器调大了声音。镜头里的一张张面孔都变成了韩彻的脸。

"我已经做好了准备,会轻松应考!"穿着重点高中校服的韩彻说。

"不管怎么样只要尽自己最大的努力就好!"戴眼镜的韩彻说。

"我想跟还在读高一高二的同学说,你们现在的每一分努力,都会变成未来的筹码。"穿着裙子的韩彻说。

妈妈看林晓路看得如此专心,心里有点高兴——这孩子关心起高考来了，便轻轻点了她一句："明年的这个时候就是你了哦。晓路，还是得努把力呀。"

林晓路十分有力地回答道："是！"

屏幕上的记者用故作亲切的新闻腔调说："我身后的这位同学，可是在三次诊断考试中都考了第一名的优等生哦。"然后将话筒递到了她面前，问："就要在考场上大展宏图了，你现在心情如何？"

"呀！那不是蕊蕊吗？"妈妈指着屏幕说。

也许是面对镜头有些紧张，蕊蕊的神情有点别扭，她勉强地笑着说："我一定要让自己在考场上发挥得更好。一定要考出自己最好的成绩。没有问题。"

电话响起了，妈妈说："肯定是你姨妈。"

十秒钟后妈妈得意地对林晓路眨眨眼睛，笑着说："看到了看到了，蕊蕊可真能干啊！等蕊蕊考完有时间的话来给晓路讲讲高考心得吧。让晓路也有点危机感。"

林晓路继续低头喝着汤，她已经好久没有见到表姐蕊蕊了，尽管她也在成都。当年，姨妈为了蕊蕊上省级重点高中，动用了所有关系，举家迁往成都。所以，懂事的蕊蕊明白一家人为她作出的牺牲，将学习当成是自己人生里最重要的事情。

高考对蕊蕊来说一定没问题的。林晓路记忆里的蕊蕊是那么冰雪聪明。小学时一直拿双百分的蕊蕊曾因为一次数学考试只得了 99 分而哭了很长时间。爸爸经常用这件事来教育林晓路："你这不求上进的东西！考 60 分高兴个屁啊，人家蕊蕊考了 99 分还哭呢！"

林晓路心里，是很崇拜蕊蕊的。她们小时候常一起做作业。那时候，林晓路曾悄悄抬起头看着蕊蕊那张认真的脸，想，假如我的学习也能有她那么好就好了，我的人生，就没有烦恼了。

这一年的高考不久之后就是林晓路的期末考试。也许是把自己的小宇宙都用来为韩彻祈祷了，她连班主任的政治课都没考及格，成绩下滑了十名。

4 / 刺耳的刹车声

"晓路！长途电话！"上午十点，妈妈把正梦游在巴塞罗那的林晓路摇了起来。她睡意朦胧间忽然以为是去那里旅行的韩彻打给她的，心一阵狂跳，立刻弹了起来。

"你猜我在哪儿？"电话那头是苏妍凉凉的声音。

"巴……巴塞罗那？"林晓路揉着眼睛问。

"我到北京了。"苏妍压低声说，林晓路知道这是她心情沉重的表现。

"你去看王成吗？太好了！"林晓路替苏妍高兴，又羡慕她有路费到处乱跑。

苏妍的声音却很紧张，她说："我不确定呢……万一他看到我不高兴怎么办？他不过就是在电话里说了想我，自己很孤独什么的。我就订了机票，刚上飞机我就后悔了……要不我还是……"

"别傻了，怎么可能不高兴呢！"林晓路觉得苏妍的担忧真是莫名其妙。

苏妍一定就是传说中一恋爱智商就会变低的少女。自己的恋人大老远地飞过来，怎么可能有人会不高兴呢！看到空降的苏妍，王成一定会高兴得双眼发光吧。

"好。我去找他。"苏妍挂断了电话。

放假后，林晓路好几次去"公园旁边"晃悠。经过了成都的几场大雨，贴在卷帘门上的那张告示上的"休业"二字已经溶化成一片墨迹了。上周林晓路正对着这张告示发呆，想大叔到底什么时候才回来时，一个戴腰包的胖商人过来问林晓路认不认识这个店主，这个店是不是准备转让……林晓路瞪着他恶狠狠地说："只是休业而已！"

其实她根本不知道是不是只是休业而已。大叔已经失踪了两个月……会不会已经和小蔓姐去国外定居了？

今天，林晓路穿过拐角，就看到"公园旁边"开门了，大叔正站在门口搂着张小蔓的肩膀说话。她开心地跳过去，对着小蔓的背影大喊："姐姐！"

对方转过身来，林晓路愣住了。她不是小蔓姐，是一个陌生的女人。

"哟，孩子真乖！"大叔不等她发问就堵了回去，然后对着那女人说，"你先上去吧。"

"你好。"美女姐姐礼貌地跟林晓路打了招呼，又对大叔说，"我一会儿还有事呢，你快点啊。"就扭动着小腰走向楼梯口了。

林晓路茫然了，这么长时间，她一直以为大叔跟小蔓是世界上最完美的恋人，她抬头盯着大叔，希望他最好告诉自己刚才的姑娘是他失散多年的妹妹什么的。

"你不要这么看着我。"大叔受不了林晓路目光如炬。如果他掏出香烟放到林晓路眼前应该就可以直接被点燃了,"我跟小蔓分手了。她把我给蹬了。"

马路上传来的尖锐刹车声,刺得林晓路心里一痛。大叔看起来黑了瘦了。失恋果然是最有效的减肥药。她收起了怨气,伤心地问:"怎么会这样?你们明明那么好……"

大叔一边抽着烟,一边用满不在乎的腔调说了他们分手的过程:"前些天,我觉得她好像心情挺低落,就准备给她个惊喜。买了她生日那天到上海的机票,起飞前才发短信告诉她我上飞机了,到了机场发现她正在等我……"

"我正高兴呢,她居然来接机。没想到她只是一言不发地拉着我到了出发大厅,让我拿出信用卡,给自己刷一张马上就回成都的机票。我说,如果我上了这班飞机,咱俩就分手。她说了声好,就头也不回地走了!"

"然后呢!?"林晓路焦急地问。恋人大老远地飞过去探亲,还真有人会不高兴……"然后我们就分手了。"大叔吐出一口浓浓的烟。楼上的窗户打开了,陌生的姑娘对大叔催促道:"快点呀。"

林晓路心里堵得慌。脑中不断地闪现着大叔和小蔓在一起的美好画面。那么完美的一对恋人,莫名其妙地就分手了。可大叔的复原能力也太强了,立刻就找到了新女友,让人连同情他的余地都没有。她踩上自行车,用藏不住的鄙视语气说:"你忙去吧,我走了。"

大叔却说:"你等等,暑假继续来打工吧。"

林晓路歪着脑袋看进店里。韩彻订的那个航空母舰模型还在。为了一个可能见到韩彻的机会,她揉揉眼睛,说:"好吧。"

5 / 文明与不文明

五

林晓路边看店边写暑假作业，然后走神了，笔在本子上无意识地写下这个数字。这是最近和大叔的互动显得过于亲密的姑娘的数目。

她透过门口红色货架上模型的间隙看到大叔在街道上捏超短裙姑娘的屁股。骑车路过小酒馆时看到玻璃背后他搂着女孩亲嘴。进到店门口的瞬间他在沙发上揉红发姑娘的胸部……这些都是林晓路不小心撞到的而已，然后他们燥热的背影都隐没到那窄小的楼梯口里去了。

胡旭其实尽量在收敛不想伤了这个小女孩的眼睛。这些姑娘各不相同，却都用同样玩乐的神情同胡旭在一起搂抱嬉笑。夏天是这样的炎热，他们流着暧昧的汗水，挂着轻浮简单的微笑。

林晓路很想走人，但韩彻订下的那个航模一直都在那里。她不想放弃。

"你（Bi……不文明语言消音）什么东西！"前几天还跟胡旭拥吻的姑娘从出租车里伸个头对他骂道。

"你保重！"大叔满不在乎地笑着转头走回店里。林晓路赶快低下头装作写作业。

"你那副看不起人的表情是啥意思嘛？"大叔看到林晓路表情那么严肃，忍不住要打趣她，"你不是暗恋我吧！"

"谁要暗恋你这种乱搞男女关系的人啊！"林晓路气得把作业纸都写穿了，忍不住脱口而出。

大叔继续调侃林晓路:"你一个小女孩怎么能说这种不文明语言呢!我们大人有自己喜欢的娱乐活动嘛!"

这人还说我不文明!跟几个不同的女人亲嘴就文明吗?林晓路觉得有必要对大叔进行一下思想教育,就义正词严地说:"你这样乱来小蔓姐也不会放心的。"

"小蔓姐也不会放心的……"大叔轻声地重复了这句话,然后一屁股坐到沙发上,哈哈大笑了起来,笑得流出了眼泪。林晓路一点儿也不明白他为什么大笑,就像她不明白他们为什么莫名其妙分手,不明白两个相爱的人为什么就不能好好地,相依相伴一起走下去。

"你还爱小蔓姐吗?"林晓路问。

"这不重要。"他收起笑容用死鱼一样的眼神呆滞地看着地面那些黑白的格子,它们很简单,只有黑的或者白的,好的或者坏的,爱或者不爱的。

假如关于感情的真相也像这地板一样简单明了就好了。

6 / 相同的与不同的

蝉鸣刺耳。

林晓路独自坐在昭觉寺的大树下,鼻子酸酸的。

胡旭跟张小蔓都不知道,和他们一起度过的短暂时光对林晓路来说是那么重要。小时候,父母总在争吵。被他们撕碎了的,不再承认不再相信的爱情,却可以在成人的世界里,燃烧在小蔓和大叔的眼里。在她那因为害羞而闪躲的眼神后面,藏着一颗多么喜欢他俩的真心。只要看着他们快乐幸福的样子，就仿佛自己也获得了幸福。

她不习惯在人前表达太多情绪，也不习惯别人看穿她的悲伤跟不安。这性格继承于妈妈。

妈妈在跟爸爸离婚的那一年，独自旅行了大半个中国，在所有人面前装作若无其事的样子。照片上也都是灿烂的笑容，让很多人误以为她是导致这段婚姻破裂的人，却没人知道她辞去工作告别亲人独自背井离乡的痛苦。

这世界上有些人喜欢说出自己的悲伤跟别人分享，有些人天生就不懂得怎么在人前哭泣，即使天崩地裂，他们还是只想给周围的人看自己平静的表情。

那一年，她做了那个河灯点燃它，悄悄地告诉表姐，说，很希望爸爸妈妈不要分开，希望他们在一起。这样妈妈才不会离开。

虽然妈妈对她说过，要为他们俩有机会获得真正的幸福而高兴，但林晓路还是做不到真心为他们高兴，每天晚上都因为想念妈妈而哭着睡着。然后，在关心她的同学面前却只平静地说他们离婚是个好事情。

她以为这是表姐跟她之间的小秘密。那是个伤口，要藏起来让它慢慢地好。表姐的同情，老师同学的不理解，让她选择遗忘这些事，只关注动画片里那些拯救世界的英雄们。她让自己与周围的人疏离——只有躲在想象中的世界里才不受伤害，林晓路从小就这么相信着。

本以为活在自己快乐的小世界里就好，却不知什么时候开始，周围的人们渐渐在林晓路堡垒的围墙上打下缺口,在她那颗游离在人群之外的心脏上，投射出他们自己的影子跟情绪。

她为周围的人高兴担忧和悲伤，甚至被他们不知收敛的行为刺伤……

林晓路忽然想起，自己从来没有见过小蔓跟大叔用那些露骨的方式亲昵。他们总是吵吵闹闹，互相贫嘴，但相爱的气息，却比那些热吻和拥抱更清晰。

爱一个人，有时候可以是你对她是不同的，任何方式的不同。甚至可以是对全世界的人都说我爱你然后对那个你爱的人冷淡沉默。

胡旭可以自在地游荡在这些女人中间，对她们的嫉妒跟愤怒毫不介意，温柔而顺从。只有张小蔓能让他气得跳起来踢翻眼前的东西，不一会儿又乖乖地厚着脸皮说对不起。

她忽然明白，对胡旭来说，张小蔓是那么那么的不同。失去她的痛苦，旁人很难体会吧。他每天演着露骨肉麻的戏，说不定一直在心里祈祷着，张小蔓能看见，或者从谁的嘴里听说他的荒唐行径，飞到他面前来，一挥手给他一个大耳光，让他知道她在意。

大叔隐藏在心底的伤痛，也需要治疗吧。那些滥情的行为，虽然很过分，但也许就是大叔疗伤的方式吧。林晓路在心里跟大叔和解了，站在大树下双手合十。

希望小蔓姐回到大叔身边。
希望我还能再见到韩彻。
林晓路对树神认真祈祷着。

7 / 白蝶

对树神说完心事，林晓路的心情好了很多，出了寺庙，上了公交车。从口袋里拿出表姐送她的 MP3，小心地理开耳机线，将音乐塞到耳朵里。车启动了，平淡风景都融化在了王菲起起伏伏的空灵声线里，林晓路就这样一摇一摆地飘向家的方向。

MP3 比 CD 机真是好用太多了。还没对表姐说谢谢呢。高考完了蕊蕊应该有时间出来玩了吧……一定要回送一样礼物给蕊蕊，送她一套《银河铁道999》她会喜欢吗？

到站了，林晓路一边想着今天会不会又吃萝卜排骨汤，一边在音乐中摇摇晃晃地走上七楼。

开门的那一瞬间，阳光熄灭了。林晓路迎上妈妈愁云密布的脸，她哽咽着对林晓路说："蕊蕊……蕊蕊她，死了。"

"死了。"

这个本该重重敲击林晓路心灵的词语，却在噩耗到来的瞬间听起来轻飘飘的。与她记忆中蕊蕊鲜活脸庞相比，显得那么那么的不真实。

"也许这样我会比较快乐。"

蕊蕊死了。只留下这样一张简单的字条，揉成一团后又摊开，在蕊蕊堆满文具和书籍的桌面上是那么的不显眼。

三天后妈妈才从姨父那里得到这个消息。他们怎么都想不明白，蕊蕊为什么会这样做。一切不都是好好的吗?

蕊蕊只是高考考砸了而已。拿到成绩单时,姨妈叹息了半天,想安慰蕊蕊几句却觉得安慰也没用,只说:"重新参加明年的高考吧。趁热打铁地继续补习,别人家的孩子也许考完就休息了,我们不休息,就能重新赢在起跑线上。"蕊蕊表情平静,只是说:"嗯。"

那天,半夜里正在给蕊蕊炖乌骨鸡的姨妈忽然听到楼下轰隆一声闷响,然后是尖叫的人们吵吵闹闹的声音,她心里只是想谁这么不道德半夜吵闹,蕊蕊明天一早还要去补习呢。半个小时后警察咚咚地敲门让她更是气愤无比。吵醒了蕊蕊可怎么办。接下来的事情她就不记得了。

林晓路没能见到表姐最后一面,姨父迅速地火化了蕊蕊的遗体,免得姨妈再一次崩溃。

林晓路从那扇虚掩的门后看到姨妈正坐在地上,抱着蕊蕊的书包。这情景吓坏了她。她没见过一个认识的人面孔能有如此大的改变,那个人,一点儿也不像平时那个总为女儿自豪的姨妈,显得陌生,遥远,又凄凉。像是恐怖片里眼神空洞的鬼魂。

妈妈推开门,轻轻走过去,抱住她的姐姐。妈妈什么也没说。她知道语言没有任何作用。同为母亲,妈妈知道姨妈失去的比全世界还多。妈妈知道姨妈宁可自己代替蕊蕊去死。

但蕊蕊已经没有机会知道这些了。当蕊蕊从15楼的窗台那里跳下去的时候,心里到底在想什么呢?是对姨妈一直以来将自己当成炫耀资本的怨恨?是觉得一张糟糕的成绩单就让自己失去了生存的意义?还是……她只是太累了,想结束这一切?

她那张看起来聪明又冷静的脸,很容易就让人忽略了她内心的敏感脆弱,那些长期遭受的来自学业的压力,在她心中啃噬出一个黑洞。姨妈感觉到过蕊蕊的压力,却总是觉得没必要和她说那些没用的。等蕊蕊长大了就会明白母爱的无私,会明白给她压力都是为了她好。明白自己为她高兴为她骄傲,喋喋不休地炫耀着她的优秀,都只是因为,她是她的母亲。

蕊蕊真的不知道啊。从你们说出的语言,我们怎么知道,就算不优秀也会被你们爱着?

"要赢在起跑线上。"

"学习是你唯一重要的事。"

"别为自己感到骄傲,你还不是最优秀的。"

"没有人会记得第二名,所以必须当第一名。"

大人们啊,总在教我们不要为成功而骄傲,却从未教过我们如何在失败的时候不绝望。独自坐在客厅里的林晓路看着满墙壁蕊蕊得到的奖状,眼泪不断地涌出来。

蕊蕊,你这个笨蛋。你知道那么多我不知道的事,为什么却不知道放弃自己生命的行为并不勇敢,只是残忍又任性地让父母彻底心碎。蕊蕊,你真的不该就这样孤独地离去,将原本属于未来的你的幸福丢弃。那些原本该属于未来的你的爱情、生活,和美好的一切可能,都被你绝情地错过了。

天快亮的时候,三天没合眼的姨妈才终于睡着了。

姨父被悲痛压得像一个老年人般驼着背,头发也全都白了,他拉过妈妈,用喉咙里刺着一根针般的声音,艰难地对妈妈说:"不要告诉家里的老人……他们吃不消的。就说蕊蕊出国留学了……"

说完一直没哭的姨父眼泪夺眶而出,哽咽着说:"都是我的错啊,我一直忙着工作,想只要多为家里赚钱就好……却从未好好跟蕊蕊沟通……"

妈妈的脸颊上也挂满了泪珠,她一边擦着泪,一边对姨父说:"你可千万要保重好身体,你和姐姐再有个三长两短,家里的老人更是吃不消。"

然后她用被压抑不住的哭泣挤压成碎片的颤抖声音,在黑暗里说:"我们……就当蕊蕊,出国留学了。"

那一天,从蕊蕊家出来后,林晓路和妈妈像若不呼吸一下清晨寒冷的空气就将要窒息一般,默默地朝家的方向走去。

走了不知道多久,妈妈忽然说:"晓路,以后,遇到什么觉得过不去的事情,千万不要自己扛着,一定要和妈妈商量。"

林晓路挽起妈妈的手,点点头,说:"嗯。"

那个白天昏昏沉沉的睡眠中,林晓路梦到了表姐。梦中蕊蕊坐在一个小小的舞台下,表情专注地看着自己的偶像科特·柯本正在不插电现场弹唱。

醒来后,林晓路为表姐虚构了她未完成的生命:表姐只是隐姓埋名地离家出走到了外国,给自己重新起了一个名字,翠西、莉莉或者波莉……她学会了弹吉他,写了好多曲子,变成一个又酷又帅的摇滚女歌手,和一群同样又酷又帅的摇滚青年们一起,坐着大卡车在世界各地巡回演出着。

《纽约不插电》的音乐,被林晓路拷进了表姐送她的 MP3 里。听着科特·柯本沙哑的忧伤歌声,闭上眼,她总能看到表姐闪闪发光的眼睛。

五
黑夜尽头

1 / 微光

挂着高三（2）班牌子的门被推开的瞬间，从教室内扑过来的阳光晃到了林晓路的眼睛。之前，她已经抬头仰望了整整一年这间教室，因为韩彻曾坐在这个教室里。

她多次趁着晚自习后人散光了悄悄地登上过这一层楼。漫画里的校园鬼故事和各种诡异的传说，让她背脊发凉，却还是吓不倒她，黑暗里滋生出来的细微恐惧，阻挡不了她想用这种方式靠近韩彻的心。

采光用的窗都在楼层的另一边。靠走廊只有一扇通风用的窗户，高出林晓路一个头。她踮起脚尖，双手撑着积满灰尘的窗台，露出半个脑袋，好让自己好奇的眼睛可以看到教室里。

五十多张桌子在夜晚微弱的光亮模糊成一片,它们都安静地站着,白天的喧哗让它们格外困倦。哪一张会是韩彻坐过的桌子呢?它会不会在黑暗中,悄悄传递给自己一个鼓励的眼神呢?想到这里林晓路笑了,觉得自己有点傻,但又无比开心。

直到踮起的脚尖有点酸了,才心满意足地下楼。

后来,她每次想起喜欢着韩彻的那段时光,最先涌上心头的感觉,就是她站在那里,踮脚张望。

高三依然根据成绩选座位。苏妍用锐利的眼神赶走了想选她们位置的人,同学们都不敢招惹她。虽然上学期苏妍跟林晓路的成绩都退步得厉害,依然坐在了去年的位置。

班主任陈蓉站上讲台,看着她们说:"你们两个成绩退步很多啊!是不是相互影响?"苏妍臭着个脸一句话都不说。陈老师看不惯她这态度,对后排的张珊说:"你跟苏妍换下位置吧!"

苏妍回头瞪了她一眼,张珊知趣地坐着。

"怎么了,动啊!"陈蓉说。张珊在她们两人的目光中左右为难,觉得怎么一开学就这么倒霉。

"陈老师,苏妍没有影响我,是我自己不专心。这学期保证不会这样了,我们会一起努力的。"林晓路抬起头眼睛亮亮地看着陈老师。

陈老师想多一事不如少一事,别新学期第一天就大动干戈,便说:"嗯……好吧,再给你们一次机会。已经高三了,真正的朋友就该一起努力。"然后走上讲台开始交代新学期的任务。

能继续和苏妍当同桌，林晓路很开心。对林晓路来说，苏妍生活在一个物质和精神都更加富裕的世界。能随心所欲地购买飞机票，出入昂贵的酒吧，有又帅又有才华的恋人，还有敢于顶撞权威的勇气，无所畏惧的态度。——也许林晓路自己都不知道，她心里是有点崇拜苏妍的。

苏妍感谢了林晓路上次鼓励她去找王成，王成虽然强调了以后再来找他一定要提前通知，但还是很高兴见到苏妍的。不过她并没在北京待很久。王成说她开学就高三了该好好学习，未来有的是时间见面。

"我决定了，虽然很难，但我要考北京那边的大学。这学期我们一起好好努力吧。"苏妍说。

因为喜欢一个人，我们才一直向前走的。有时也因为喜欢一个人，才渐渐在混沌中看清自己想走的路。

当林晓路买下那个图案跟韩彻 T 恤上一样的咸蛋超人文具盒的时候，就把考上韩彻想考的美术学院当成了自己的目标。

她认为韩彻希望的事情就一定能实现。那个背后有着墨水点的男孩毫不知情自己是林晓路的世界里闪闪发光的灯塔。太阳刚好将他的光线反射到林晓路的眼睛里，形成一个明亮的坐标，让她用自己的方式朝那个地方奔去。

以后会怎么样？不知道。我的梦想会实现吗？不知道。未来像迷雾一般，要慢慢走着，才会清晰起来。我们一无所知，能掌握的只有眼前的这一小片时光。

2 / 一场混战

高三的数学课,对艺术考生们来说依然是用来休息大脑的美好时光。可数学老师却感受到了一种久违的注视感,和热切的求知欲,从左边靠窗的位置传来。

他转过头,在熙熙攘攘睡意绵绵的教室里,看到了一双认真的眼睛。"只要有一个学生认真学,我就要认真教!"数学老师感动地想。

林晓路双目圆瞪,集中了全部注意力,牺牲了不少脑细胞,十分认真地听了一堂数学课……还是,完全没听懂。

"做选择题我们可以认真算一遍,这样至少可以百分之百确定我们算出来的那个就是错误答案。"苏妍一边很认真地说,一边担忧地朝谢思遥的方向看去。

暑假过后谢思遥和陆文卓恋情的热度,已经像夏天的热浪随着季节的转换消退了。谢思遥独自趴在桌子上像是在哭,旁边的陆文卓皱着眉头看向别处,也不安慰她。

林晓路顺着苏妍的目光看过去,说:"谢思遥看起来不太好呢。"苏妍立刻低下头,假装满不在乎地说:"她那小姐脾气,就没好的时候吧。"

苏妍和谢思遥自从上学期闹翻后,就没再说过话。有时,苏妍还会抱怨谢思遥的公主病,但林晓路知道,这是她想念思瑶的一种表现。苏妍的心里,一直放心不下谢思遥。

谢思遥苦恋了陆文卓好久,才以恋人的身份站在他身边,觉得自己应该理所当然地被百依百顺地被他呵护。但习惯被顾雪瑞照顾的陆文卓,在恋情开始的新鲜甜蜜降温后,渐渐开始受不了谢思遥的任性。她动不动就发脾气,对陆文卓呼来唤去,还把好几次兄弟聚会搞得不欢而散。陆文卓的哥们儿更是讨厌她,总在陆文卓面前说顾雪瑞的好处,说顾雪瑞从来不会让大家不愉快,明里暗里劝他和谢思遥分手。

他俩摩擦出的火星,苏妍都看在眼里。她隐约感觉到,陆文卓已经是比较自我为中心的人,迟早会受不了更加以自我为中心的谢思遥。他们两人像两团火焰,迟早会把这段恋情烧成灰烬。但她没想到他们的矛盾居然爆发得这么直接。

"这全是你的错!全是你的错!"谢思遥歇斯底里的声音就在教室里响了起来。陆文卓的脸色很不好看,压低声音对她说:"你能不能不在教室里吵!"可谢思遥依然继续哭闹着。陆文卓受不了了,脱口而出:"顾雪瑞从来不像你这样!"

周围一下很安静。当时是下课时间,教室里全是人,长着耳朵的人。

这句话让谢思遥安静了下来。当然的,五秒钟之后谢思遥就抓起他桌子上的手机用力摔到地上,手机发出绝望的破裂声,瞬间四分五裂。碎片溅了一地。

一向不在乎物质的陆文卓愤怒了,那是他妈妈送他的生日礼物。他是个孝顺的好男孩,还有轻微的恋母情结。他对谢思遥咆哮道:"你别太过分!"然后一把推倒了她,谢思遥的头撞在了桌子上。

苏妍终于无法袖手旁观了。她轰地一下站起来,冲到陆文卓背后就一脚

129

踹翻了他，然后揪起他的衣领给了他响亮的一耳光。

陆文卓是个高中男生，热血方刚，又是独生子女，哪受过这种气呀，他冲苏妍怒拳相向。

苏妍用手臂护着脸，以为要挨上结实一拳的瞬间，像所有电影里最危急的时刻那样，救援者终于赶到！配着激昂的音乐加上慢镜头，有人一飞腿把陆文卓踹翻在地——林晓路也加入了这场混战。她一气呵成迅速流畅地完成了这个飞踢，教室里几个没心没肺的男生都忍不住鼓掌了。苏妍没想到林晓路这么厉害，立刻充满了斗志。一时间教室里鸡飞狗跳，陆文卓的朋友一点都不理解他的艰难处境，在旁边看得不亦乐乎。

陆文卓奋力反抗。

林晓路的脸上也挨了一拳，但她毫不介意，这种疼痛的感觉在几年前自己非常熟悉。

初中时候林晓路那种别人欠了几斤谷子的表情就得罪过不少人，她常常跟人打架，打得鼻青脸肿。林晓路曾经将起码比自己大两倍的男同学打到趴下。因为她以为自己会死，所以打人特别狠。对她来说那些坏孩子为了玩乐给她吃的苦头，威胁到她的生命，她必须拼尽全力才能生存下去。

小孩们其实总有弱肉强食的直觉。林晓路独来独往，她在人前的自卑，和那些因为过度想象力而导致的奇怪行为，让她变成捣蛋小孩欺负的对象——但她并不是那种被打了之后，可以回家哭的孩子。哭着回家的话，爸爸只会冷冷地说：那是因为你自己有问题。

熬到了初二，终于没有人敢再招惹她。但她始终被大家孤立。其实爸爸说的话有一定道理：假如有一个人欺负你，可能是那个人的问题，假如所有人都欺负你，就该反思一下自己了。林晓路认真地反思了自己，所以来到成都的时候暗暗发誓要重新做人：不要再打架斗殴，要退隐江湖做个普通健康沉默的高中生。

最后，谢思遥撕碎了陆文卓的课本，扬起手哗地撒满整个教室。这段她期盼了一年多的感情不到半年就这样在纷飞的纸片中结束。林晓路的心突突地跳着，她下意识地看了顾雪瑞一眼。顾雪瑞似乎早就知道这一切会发生，平静地坐在自己的座位上写着作业，嘴角浮着一丝冷笑。

3 / 大雨将至

为了庆祝自己跟苏妍和好，以及感谢她们在危难关头挺身而出，头上贴了块创可贴的谢思遥请大家吃火锅——她只是擦破皮外加青了一块而已。自从她们闹僵后，大家已经很长时间没有聚在一起了。

任东听完谢思遥跟苏妍描述完整个过程，认真地上下打量了林晓路一番，充满敬意地说："太难想象了！林晓路！"

"我倒可以想象，当时我拽起她衣领的时候，觉得她眼中有杀气呢！"任东的朋友大白说。

"我第一次看到她的时候，还以为她是那种专跟老师打小报告的好学生！所以看她很不顺眼！"谢思遥说，又转头对林晓路笑笑，"别生气啊！"

苏妍说："我以前都不记得班上有林晓路这个人，但那天在教学楼后面就觉得她挺有意思的。"

被大家讨论着,林晓路觉得很不好意思。但现在她可以假装轻松地笑着面对这一切了。

苏妍跟谢思遥,其实是初中时期林晓路最怕的那类人,由于害怕与她们发生争执,她总是退避三舍。没想到高中居然和这样的女孩变成了朋友。原来她们也有可爱的一面,交流起来也算轻松。

当你害怕的时候,你就可以轻松地笑,可以轻松地笑,人生就会过得比较容易。假如时光倒退,林晓路希望自己初中就明白了这个道理。只是,初中自己是被打的,现在打起了别人,冷静下来,林晓路心里还是有点过意不去。

"其实陆文卓真的挺惨的,手机被摔了,还被打成那样。我们三个打他一个算不算欺负弱小啊?"林晓路十分认真地说,但大家都觉得她在说笑,拍着桌子一顿狂笑。

"活该,居然出手打我的女人!"苏妍笑完后装出大男子汉的派头拍了拍谢思遥的肩膀。林晓路看到她们终于和好了,心里暖暖的。

任东拍着大白的肩膀,对谢思遥说:"失恋这种事,谁都会遇到几次的。合适你的人,说不定就在你身边等着你哦。"

大白脸红了,抓着头说:"对对对,一切都会好起来的!"

听了这句话,谢思遥想起了那个她和陆文卓争吵的原因。她面对的,不是失恋这么简单的事。那件事,像针一样扎在她心上……一切,要怎么好起来。眼泪顺着她的脸掉落了下来。

苏妍拍拍她的肩说:"刚才不是还好好的吗?还有什么想不开的?"

谢思遥趴在桌子上嚎啕大哭了起来,边哭边说:"我测过几次了……都是阳性。而陆文卓只会逃避问题,根本不想为此负责……"

苏妍愣了好一会儿,才明白谢思遥在说什么,脸色大变,像不敢相信似的小心问:"思遥,难道你……"

不等苏妍说出那个词,谢思遥就扑到她怀里,哭得肩膀都颤抖了起来,说:"我太蠢了,太冲动了,没做好保护措施。"

苏妍也哭了起来,她好内疚自己一直跟谢思遥闹脾气,却忘了像一个姐姐一样守护着她。除了林晓路,大家都明白发生了什么,任东眉头紧锁地开始大口抽烟,大白的手紧紧攥成拳头,像是立刻要站起来,再去把陆文卓揍一顿。

灯光忽明忽暗,锅里咕嘟嘟地冒着热气,翻腾着,蹦出的水花几乎要烫伤他们的脸,像是在不断地询问他们,该怎么办?

这个孕育在他们朋友身体里的,不该出现的生命,该怎么办?

女孩们的啜泣和男孩们的叹息,都沸腾在一锅汤水里。谁也没注意到,外面已经下起了一场大雨。

4 / 她的果实

周六下午的补习后,三个女生一起去苏妍家商量对策。

离学校不远处的购物中心旁,有一个新的电梯公寓小区,苏妍就住在那里。九楼三号。走到房门口,苏妍摸出钥匙打开厚厚的防盗门,对正准备换鞋的林晓路说:"不用换啦,有人会打扫的。"

林晓路使劲在门口蹭了蹭鞋子,才敢踩上客厅里那光洁如新的地板。这里好像一套没人住的新房子。虽然有所有最好的电器，却像无人使用，毫无生活气息。林晓路小心翼翼地问："你爸妈呢？"

苏妍愣了一下，然后若无其事地说："啊？我没告诉你吗？我爸妈离婚了，我一个人住。"穿过没开灯的走廊，推开了卧室的房门，才感觉到了一些活着的气息。中间是一张软软的双人床，地上丢了几件衣服，写字台靠着明亮的落地窗，这个卧室说不定比林晓路家的总面积还大。

能住在这样的环境可真好啊，林晓路想起自己家，客厅里有一半都还堆满妈妈的材料跟样品，心里好羡慕。林晓路说："你家真漂亮，好大啊！"

苏妍轻轻苦笑了一下，说："一个人住的地方只能叫屋子，不能叫家。"

谢思遥摊在床上叹息道："哎，能一个人住真好啊。"她打电话骗妈妈说英语考试不及格得留下来背单词，挨了一顿数落才换来一下午的自由。苏妍打开电脑，开始查找起医院信息，说："一定要去正规的医院。"

谢思遥把脸埋在枕头里，小声地说："苏妍……我没有做手术的钱……"

"傻妞儿，这还用你操心。"苏妍怜爱地看了一眼像小猫一样蜷成一团的谢思遥，继续翻动着网页，"思遥，你妈是医生，成都的正规医院很可能会碰到认识她的人……我们还是去重庆吧。"

"苏妍，对我真的太好了……"谢思遥声音有点哽咽，她已为这事寝食难安了好几天，现在终于有了可依靠的朋友，心情稍微放松了一点，重重的倦意朝她袭来。

"发生意外怎么办？"

电脑上有成千上万条咨询，有很多来自未成年人。

信息保密抹去了她们的身份，面孔，还有年龄。屏幕上没有表情的字体也看不出她们的恐慌和焦虑。她们无助地漂浮在网络的海洋里，为自己仓促咽下的果实付出代价。

多年后……一个像这样的，阴雨绵绵的午后。

谢思遥发现了自己的女儿抽屉里一封写给男孩的情书。里面写满热切得叫人脸红心跳的语句，甚至写下想要和他一起品尝那颗果实。她想起自己过早吃下那果实带来的痛苦，愤怒涌上她的心头。

她想厉声叫她过来，甚至想狠狠地给女儿一耳光的时候，那段不知道从哪里读来的感想，在那电光火石的一瞬间，被她领悟。她懂得了当年父母对她过度保护，而恰得其反的心情。

然后，她告诉自己要冷静，自己面对的不过是一个情窦初开的小女孩。她走到女儿的房间，和她谈了很多。谈自己和女儿一般大的时候，喜欢过的男孩，交往过的朋友，曾做过的叛逆的蠢事。

她第一次感觉到，用朋友的真诚而不是大人的威严面对女儿时，她第一次和女儿心灵相通了。她们像好姐妹一样谈了很久，她想起那段被埋葬的记忆，和被自己扼杀在体内的生命……想起那时候自己既害怕又无助，却又不能和父母倾诉的孤独，心里觉得很凄凉。

但她不要这样的事，再发生在她女儿身上。她将自己用了好多年才明白的道理，诚恳地对正处在十四五岁叛逆期，看起来和曾经的她一模一样的女儿说："孩子，欲望并不可耻。它是伴随着我们身心成长必然出现的东西。但它的滋味，并不像声色媒体里宣扬的那般，总是美好甜蜜。仓促地过早吃下它，品尝到的是苦涩的滋味和身心的痛苦。只有等未来，你的身体和心灵都更成熟的时候,等你真正懂得了爱情以后,它才会有你终生难忘的幸福滋味。"

我会理解你青涩的爱情,我会教会你保护自己,我会让你学会尊重自己的身体。我不会让你像我一样受到伤害。紧紧抱着自己的女儿,谢思遥这么想着。

如果我有一个女儿,我一定要记得自己十六七岁时的心情,然后用那份心情去理解她……我发誓。

从梦中醒来的片刻,谢思遥这样对自己说。有一个瞬间,她以为自己处在绝对的孤独里。抬起头却看到苏妍和林晓路,正在为她商量解决计策的背影。忍不住又将头埋到枕头里,无声地哭了起来。

还好,被大人用威严孤立起来的我们,可以不带谴责地,用宽容的心守护着彼此。

雨停了,本该是秋雨绵绵的季节,天空却忽然晴朗得刺眼。在模糊的泪光中,谢思遥看到了秋天的第一片落叶。

5 / 逃跑计划

在苏妍和林晓路的努力下,整套计划终于被制定出来。

她们三人统一口径:国庆假期重庆的川美考前补习班有往届考生来交流心得,有几个同学想一起去看看。

这么一说,林晓路的妈妈立刻就亮起绿灯放行,开心地说:"对对对,去看看！"还一直叮嘱林晓路重庆的小吃很好吃一定要尝尝。妈妈那灿烂的笑容和百分百的信任，让说谎的林晓路心里十分内疚。

无人监管的苏妍更是没遇到任何阻挠，父亲还给她一个大红包让她在外面别委屈自己。

谢思遥的父母就难搞多了，苏妍大费周章找好心人帮她伪造学校通知书、收费清单，还让谢思遥背诵了一大段去参加这个交流会多重要，才勉强换来一句同意。

最后只有一个难题。为了保密，行动期间最好穿得超级平凡普通，不让任何人对她们留下印象……苏妍和谢思遥可没那样的衣服。穿衣水准一直受到谢思遥鄙视的林晓路，此刻终于凸显了她的重要性。

林晓路家离车站比较近，所以出发前夜苏妍干脆到晓路家住。顺便替自己和谢思遥挑选"超平凡又普通的衣服"。

虽然林晓路说了好几次"我家很小，是七楼又没有电梯"，也没有击退苏妍要去她家过夜的决心。

推开门的一瞬间林晓路很希望有什么神仙大发慈悲忽然对她家施加了魔法，让她家看起来宽敞又大方，至少让妈妈的那些报告材料啊什么的不要在客厅里那么显眼的位置。

可是神仙们都忙着地球变暖珍稀动物濒临灭绝等等的大事，才不会理会林晓路的这些小尴尬咧。妈妈的那些报告材料依然在客厅里，她家又小又拥挤。林晓路忽然又注意到客厅的那个沙发，有些地方已经磨破褪色了，看起来真是碍眼。妈妈真是个不拘小节的人。沙发这类的东西她觉得只要坐着舒服就可以。

林晓路简直不想让苏妍进门了。这时,妈妈笑容热情地迎了上来:"你是苏妍吧!林晓路说起过你!欢迎你来我们家玩啊。"这段开场白还很像一个正常的家长。但马上,她的直率劲就上来了:"客厅太乱啦!晓路你带苏妍去你房间吧。我还得写报告就不陪你们玩了!再说你们跟我也会觉得不好玩吧!苏妍要是饿了想吃什么就让林晓路带你去厨房找吃的吧。别客气当自己家吧!"

妈妈交代完这些,想了想,然后又从抽屉里拿出她出差从各地宾馆带回来的一整套洗漱用品交到苏妍手里,说:"对了,你记得要跟家里说一声,不然家长会担心的。"

林晓路甚至还没来得及介绍说"这是我妈妈",她就已经埋头回自己的那堆文件里继续工作了。

"我真喜欢你妈妈!"苏妍一脸欣喜地悄悄对林晓路说,她第一次遇到林妈妈这样的家长,她充分尊重自己孩子,同时又保留了体贴别人父母担心孩子的责任感。

"你妈妈一点都没有家长的架子。去谢思遥家,她妈妈每次都要问老半天呢。"苏妍说,"每次去都会被问到快抓狂。所以后来我就不去她家了。"

推开自己的卧室,正在担心苏妍会不会觉得无法在这么寒碜的地方过夜时,苏妍却对着林晓路那漆皮都已经掉了不少的书柜发出赞叹:"你居然有这么多的漫画!"

就连她那满是墨迹的旧写字台上堆着的速写本也让苏妍赞叹不已。

"你画了这么多的本子!而且都是建筑,好漂亮啊。"苏妍一页一页地翻看着,之前林晓路担心的种种苏妍会在自己家感受到无聊的尴尬场面一点都没有发生,也许,这些都是苏妍的礼貌和体贴吧。

"很多都是临摹的而已啦。这一本画的是安东尼·高迪的建筑,还有巴塞罗那的一些街景。"林晓路有点不好意思,害羞地抓了抓脑袋。

"哈哈,难怪暑假我打电话你问我是不是在巴塞罗那!"

没想到苏妍还记得自己说的那些胡话。

"我特别希望自己有一天也能去那里。希望十年之内能去那里吧!"林晓路对那个从来没去过的城市又泛起了无限的向往。

"哪里用得到那么长时间啊,现在报团欧洲十日游也只要两万块左右吧!"对苏妍来说两万块也就是几个月的零花钱而已,存存就有了。可这对林晓路来说完全是个天文数字,这个天文数字让巴塞罗那对林晓路来说,几乎跟金星一样遥远。

"你坚持画画,一定可以赚到稿费去的。你脑子里有那么多奇怪的故事,为什么不尝试画漫画呢?王成说,将来在中国,漫画会有很大的市场!"

"等高三过去之后,我试试看好了。"若能靠漫画谋生,该有多幸福啊。但在林晓路心中,这完全就是个奢侈得她不敢妄想的梦。

"王成说不久他的作品就会发表了!"苏妍一说起这些,就来了精神。"有一天也许会出书呢!他说他要做中国漫画的英雄去开疆拓土!他会开创一个属于彩色漫画的新时代!"苏妍的眼睛闪闪发光。她由衷地崇拜着王成,为他的事业发展而欣喜,毫不介意他这些成功最后只会让他离她越来越远。王成真该看看苏妍这副为他骄傲着的可爱样子。

看着苏妍,林晓路想起《大话西游》里的紫霞仙子的台词:"我的心上人,是一个盖世英雄。"

"她的英雄之所以盖世,是因为她的世界太小了。"林晓路忽然听到桌子上大叔送给她的那个佛头自言自语地说。

6 / 人造的星空下

关上灯,躺在枕头上的时候,苏妍看到房间里天花板上闪耀起一片细碎的光芒,好像置身在星空下,繁星点点。

林晓路收集荧光纸片,然后几年来一小片一小片慢慢贴满整个天花板。——她才不管什么星座不星座,就着顺手的地方一点点地贴上去。每天晚上睡觉前她都看一会儿自己的天花板然后让思绪飞到属于她自己的宇宙空间去。

"真漂亮……你家真是太棒了。我真羡慕你。"苏妍由衷地说。

听苏妍这么一说,林晓路觉得鼻子痒痒的,苏妍才是她羡慕的人啊。原来她自己也有一些东西是被苏妍羡慕的。

"很久很久之前,我好像也有跟朋友一起这么躺着看星星。"苏妍的脑子里浮现起一些模糊的记忆。遇到王成之前的事情忽然在她的记忆里变得那么遥远,好像上辈子的事情。

"成都的天空能看到星星吗?"林晓路很少抬头认真看成都的天空,因为地理位置的原因,这里的夜空都是灰蒙蒙的,城市的灯光投射到天空,总是泛着微弱的红光。

"我看到过的,那天我们还认出了北斗七星呢,但只能看到六颗。"苏妍的记忆渐渐清楚了。

苏妍讲的那个很久很久以前,其实也只是四年多以前。她那时候老是不愿意回家,大家就陪着她不回家。

任东和他的朋友总是陪着她骑着自行车去很远的地方。他们胡乱地在成都市区骑着自行车乱走,在每个路口猜拳由胜利的人决定方向。成都是个很难迷路的城市,七拐八拐的最后总能回到认识的路口。有一天骑车骑到了清水河公园,大家都累了,丢下自行车躺在草地上。忽然看到了北斗星。

苏妍说到这里说:"那时候我们可真年轻,现在我觉得自己的心已经老了。"

很多年后林晓路想起十七八岁的苏妍说这句话也许会忍不住笑起来。那么年轻的时候,我们感叹着自己的苍老。可是,也许有一天当我们真的老了的时候,就会忘记自己曾经年轻的心脏里,装过那个年龄只属于我们的凄凉和苍老感觉。

苏妍说,那天有一个叫小芹的女孩忽然走到草地外,摸出粉笔,在地上写下了"大家都要幸福"几个字。

"当时我们还嘲笑她太文艺了,什么幸福啊温暖啊感动啊,都是青春文学小说里爱用的词汇,小芹只是低头笑笑。然后拿出相机,叫大家站在那句话后面合影。小芹曾拍过好多大家的照片,还做成影集送给我们。可影集里几乎没有她的照片,因为她总是拍照的那个人。"

"这样的女孩真可爱啊。她现在在哪里呢?"林晓路无心地问了一句。

苏妍却像是胸口被猛击了一拳般,沉默了好一会儿,才轻声说:"她死了……骑着自行车在放学路上,被卡车撞死了……"

林晓路赶快说:"对不起,让你难过了……"

苏妍只是叹了口气,说:"我还好……伤心欲绝的人是任东。后来那个卡车司机还在小芹家门口叫嚣说是小芹自己不看路,全是她的责任。任东气愤极了,冲过去就拿出刀比在他脖子上……幸好被街坊们拉开了,不然……哎。都是过去的事了。"

苏妍又陷入长长的沉默里。

生活里总是有人莫名其妙就走失了,他们存在在那里的时候显得理所当然,但丢失之后,空白就格外显眼。

"我有个表姐,高考之后自杀了……"有些人明明很想活下去,却会死,活得好好的人却轻易放弃自己的生命。林晓路看着自己制造的星空,想到那些年轻时就消逝了的灵魂,不解地说。

苏妍说:"据说大部分人在 20 岁之前都有过自杀的念头呢,只是付出行动的人很少。你想过自杀吗?"

"想过的。其实有很多次呢。"林晓路并不觉得这是个苦大仇深的事,用一种欢快的语气说着。

小学初中还有转学来二十五中之前的那些日子,林晓路都想过,活着真累呢,要是死了就不用担心各种现实世界里的,仿佛要将自己吞噬掉的事了。可那些想法只是轻轻地从她的大脑里掠过而已。最认真的一次也不过就是拿着刀片在手腕动脉的地方轻轻拉一下,只渗出一些小血珠。然后觉得好痛,就停下了。

她想起当时的幼稚就觉得好笑:"那时候让自己觉得简直不想再活下去

的事情，现在几乎都不记得原因了，最多也就是考试成绩太差要请家长之类的。苏妍，你也想过吧？"

"以前在玉林中学的时候，我跟任东开玩笑，说我爸妈都不要我，我真想自杀算了。任东听了之后，面无表情地递给我一支烟说，拿去自杀吧。"

"啊？为什么？"

"我当时也这么问。任东说，每抽一根烟就会减少好几分钟的寿命。所以想早点死的话就抽烟吧。他说这是一种极其环保，可执行性强，又灵活的自杀行为。可以在街边任何一个杂货铺买到自杀工具，但又随时可以反悔可以停下自杀行为继续生活。每次很难过的时候就会觉得生命那么长可真难熬啊。于是我就抽烟，一点点地杀死自己，又不觉得痛。"

"说不定现在那些让我们觉得悲伤得活不下去的事情，在很多年之后回头再看，也只是一些幼稚的小事呢？"林晓路说，"你还记得小王子的故事吗？悲伤的时候他就会看日落。"

"记得，有一天他看了四十多次日落。"苏妍说。

"悲伤的时候也许会无意识地重复做着一件事情，心情就会好起来。我不开心的时候，就收集荧光纸，往天花板上贴星星。"

林晓路指向天花板左边的角落说："你看，小王子的星球在那里。"

苏妍看向那个角落。那里的光点很稀疏，黑暗中心有一颗小小的亮片寂寞地发着微弱的光。她忽然觉得，这就是那只狐狸想念着小王子时看到的夜空，眼睛就模糊了。

"你的悲伤在闪闪发光呢。"苏妍轻轻地说。然后她闭起了眼睛，意识慢慢飘远，飞入那片闪烁的星光里。

隔天，苏妍和谢思遥换上林晓路的衣服后，果然淹没在了人群中。任东和大白晃到检票口才找到她们三个。无论情况多危急，谢思遥都不大愿意自己这副灰头土脸的样子被男生看到，不满地问："你们来干嘛？"

任东说："别傻了，我们怎么可能让你们几个女生自己跑那么远。不过你们隐蔽得还真好……"大白看透了谢思遥的心思，说："你穿什么都好看。"

谢思遥看着大白，到现在大白也没有讨厌她，她心里很感动，鼻子却酸酸的什么话也说不出来。大白充满怜惜和爱意地摸摸她的头说："走，上车吧。"

车启动了，摇摇晃晃地开往另一个城市。一路上，大家扶着谢思遥的肩膀，给她讲些无关紧要的笑话，想再次看到她少不更事的灿烂笑容。

可她，已经迅速地成长起来了。

太阳从乌云里透出一丝光，洒在谢思遥的脸上，他们无条件地给予她的友谊和关怀，让她的心里觉得踏实。

她决定不再为此事哭泣了，要将它永远地埋在心底的黑色森林里。

"我，再也不是原来的那个我了。"谢思遥想。

7 / 百年孤寂

任东推开门，给充满了睡眠气息的酒店房间带来一点新鲜的空气。他看了一眼已在床上昏昏沉沉地睡了两天的谢思遥，轻轻地将一包零食放到空床上，递给一直守在旁边的大白一瓶矿泉水。

大家都挤在女生住的三人间里，白天黑夜地陪着谢思遥，督促她按时吃药，喝水。任东和大白只有困得不行了，才去隔壁的房间躺一会儿。

酒店昏暗的灯光中，林晓路坐在床边画着大家的速写，苏妍一直蹲在床边靠墙的角落里发短信，屏幕将她的脸照得惨白。

这两天，苏妍都是心神不定地看着她的电话，等待王成的信息。住在一个房间里，苏妍恋情中的痛苦无处可躲。他又在那个女孩身边，所以电话关机了，等待他回音的一分一秒都像针刺在心上一样疼痛。林晓路曾问过苏妍："既然你因为他这么难过，那么你为什么喜欢他呢？"

苏妍只是把头靠在胳膊上，深深地叹了一口气，没有回答她。王成也曾问过她，为什么会喜欢自己。苏妍不好意思告诉他从很早她就开始喜欢他了。从她第一眼在杂志上看到他的照片就喜欢上他了。然后他莫名其妙地降临到她的生活里。

"您呼叫的用户已关机。"

王成和苏妍在一起的时候，总是把电话调成静音或关机。来电显示的灯亮起时，他会不耐烦地掐断电话。她感觉得到在他们拥挤的爱情里还有别人的存在。可那时她只是忙于珍惜和他在一起的时间，不去细想可能因此受到的伤害。乖巧地坐在他身旁，将心的一部分缝在他身上，觉得这样就可以拥有更牢固的爱情。却给了他权利轻松地用一个指头，就掐断了和她的联系，让她漂浮在没有信号的黑暗里，承受着被撕扯的痛苦。

现在她成了被他不耐烦地掐断电话的人。

苏妍的心里逐渐生长起黑色影子，她朝那个黑暗的中心滑落。她向低头画画的林晓路伸出一只手，轻声说："王成的电话打不通。"

"也许是手机被偷了？"林晓路认真地帮苏妍分析道。要不就是被人追杀了，出了车祸，或者在执行一个拯救地球的秘密任务，还有可能是被火星总部召唤回故乡了。不过林晓路没说出后面几样，怕为苏妍增加烦恼。

"我跟他待在一起的时候，他就会把手机关掉，或者开成无声。"苏妍说，所有的直觉都告诉她，王成此刻，正和别的女生在一起。她曾以为只要自己爱他，其他的事都可以不在乎。没想到她的心还是扩散开一个漆黑的洞，来自这个黑洞的寒气散发满她的全身。

林晓路不明白王成为什么会让苏妍这么难过。她曾经在大树下祈祷苏妍能跟王成在一起，难道是错的吗？祈祷过的谢思遥跟陆文卓在一起的事也实现了，但为什么她们两个的爱情，都给她们带来了这么多的痛苦？苏妍缩回手，紧紧握住手机，抱着自己的胳膊，开门走到那条黑暗的走廊里去了。

任东早就注意到苏妍挣扎在痛苦的情绪里，推开门，苏妍果然拿着手机陷在墙壁里，听筒里的声音微弱地回响在黑暗的走廊里：

"您呼叫的用户已关机。"

任东走过去和她并排站着，看着她闪烁在微弱光线里的眼睛问："那混蛋又让你伤心了吗？"

"不关你的事，让我一个人待着吧。"苏妍迅速地擦了擦眼。

"他让你伤心了，就关我的事。"任东用低沉的声音坚定地说。浓稠得像凝固了的空气里，两个人沉默着。苏妍知道任东有千言万语想对她说，她知道他要说什么。所以她长长地叹了一口气，先开口道："我想我是爱他的。"

"别傻了，那种脚踩几条船的混蛋，根本不配你的爱。"任东一字一句地说。黑暗中，苏妍几乎听到他握紧拳头骨节作响的声音。然后他们俩又掉入浓稠的沉默里，有一瞬间苏妍感觉到任东几乎就要转身过来，紧紧抱住她。而那个瞬间，她渴望着一个拥抱可以带来的温暖和安慰。

黑暗中，苏妍的手机终于闪烁起来，王菲的声音凄凉地唱起：

"心属于你的，我借来寄托，却变成我的心魔。"

是王成的来电，苏妍将《百年孤寂》设置为他的来电铃声。任东一拳捶在墙壁上，像是要把这拳狠狠捶在王成身上一样，压着愤怒对她说："把电话给我，让我教训他！伸手要夺她的电话。"

此时的苏妍走火入魔地只想接电话，抬起手狠狠地一甩，电话砸在了任东的鼻梁上。痛得他捂住脸委屈地说："下手真狠呐……"

抬头一看，苏妍蹲在了地上，双手捂着脸大哭起来，眼泪和她细碎的声音一起从指缝里流出来："任东，对不起，对不起，对不起……"

任东蹲下去，轻轻拍着她的背说："你拿的手机又不是板砖……我没事。"

掉在地上的手机在黑暗中持续闪烁，在"背影是真的人是假的没什么执着，一百年后没有你也没有我……"的歌词中暗了下去，没了声响。

大白拿着保温杯开门出来，对刚才发生的一切毫无知觉，对他俩说："思瑶醒了，说想喝点热汤，我去买，苏妍你进来陪陪她？"

苏妍捡起手机站起来，擦擦脸说："我和晓路去买吧，你陪她。"然后从大白手里接过保温杯，拉起从门里探头出来的林晓路，头也不回地朝电梯口走去。

8 / 小芹

秋意浓了，七点多的山城已经黑透了，层层叠叠的山坡上，楼房的灯光在雾气中闪烁，透着清冷的寒意。

苏妍和林晓路默默地走了很久。中间手机响起过两次，苏妍没接听。走了三条街道，才找到一个卖砂锅菜的地方，点了一份砂锅蔬菜，将汤和菜装满保温杯后，还剩下一大半。苏妍付了钱，说："走吧。"

连续两天都在酒店房间里啃干粮的林晓路撑不住了，可怜巴巴地对苏妍说："我们把剩下的吃掉吧。"

苏妍看到林晓路的馋样，苦笑了一下，就和她一起拖出小板凳坐在路边的桌子旁，拿起筷子享用起热腾腾的砂锅菜来。煮得软软的蔬菜吃到嘴里，苏妍才发觉自己的胃多渴望吃到热菜热饭，满足地说："回去得跟任东和大白换班，让他们出来吃点暖和的东西才好啊。"

林晓路一边稀里呼噜地吃着，一边说："对对对……大白一直守着思遥都没怎么吃东西。"

"大白真是个好男人啊。为什么谢思遥就不喜欢他呢……"苏妍无意识地这么一说，抬头就迎上林晓路的目光。

"任东也是个好男人啊，你为什么就不喜欢他呢？"她终于找到合适的机会问苏妍这个问题。苏妍低头喝了一口热汤，将脸从蒸汽中抬起，缓缓地说："有一个秘密，我从未告诉任何人。"

"其实我的真实身份是特工，任东是我的抓捕对象……"在苏妍长达半分钟的停顿里，林晓路以为她会这么说。

但苏妍只是说："我曾经是喜欢过任东的。"然后，她从心底挖出一个秘密。

"那个写下过'大家都要幸福'的小芹，是任东邻居家的女儿，是他青梅竹马的好朋友。有很长时间，我都以为她是任东的亲妹妹。小芹也喜欢任东。"

"可那时候我们很年轻，'喜欢'就是一种无害的爱意，喜欢着同一个人，互相嫉妒着，我和小芹还是做着好朋友，平安无事地度过了初中三年。但我们总会长大，然后明白爱情是自私的占有。只有一个人可以成为任东的女朋友。毕业那天，小芹握着手，跟我约定一起去跟任东告白，看他选择谁。"

苏妍说到这里像很冷似地，缩紧了身子："所以……在小芹准备向任东告白的时候，我走过去，抓起任东的手，骗他说我胃痛，需要他送我回家。任东那么善良，一点也没怀疑我的心机，对小芹说了句'苏妍需要我'，骑车载着我离开。把难过的小芹留在身后。"

"可小芹是他一起长大的邻居，是他的青梅竹马，是他心里最重要的人。善良的任东，就算喜欢我，也不会忍心伤害小芹的。我贪心地想着，如果没有小芹，就没有人会抢走任东对我的关心了。"

"晓路，我觉得是我诅咒死小芹的。"苏妍从胸中吐出这句话。菜已经吃完了。苏妍将保温杯紧紧抱在怀里，和林晓路一起站起来，朝酒店的方向走去。

"那天，我坐在任东的自行车后座上，脑海中只有一个念头'真希望小芹从我们的世界里消失掉'。就在那一天，小芹被卡车撞死了。"

"没有人相信一向细心的小芹会过马路时没看到卡车司机……只有我知道，是因为我故意让她看到任东载着我离开，她才心事重重地骑车走在路上……才会被卡车撞到……是我害死了她。我是个坏人。"苏妍的眼泪反射着夜晚路灯的微光，掉落到柏油路上不见了踪迹。

"我一直很后悔，让小芹在世界上的最后一天那么难过。"

难怪，苏妍跟任东之间总有一种刻意的客气，但当酒精或别的情绪侵扰的时候，这种客气的墙壁就会破裂，一些柔软的枝叶从心底发芽，但触碰到彼此的光亮就迅速地缩回去。

"有时候我感情越不顺利反而会有一种安心的感觉。觉得我该接受惩罚。"苏妍觉得自己在任东旁边的每一小片时光都是从小芹那里偷来的。她狠狠地对任东关起了自己的心。

两个人沉默了一分多钟后，林晓路说："假如你是小芹，而且你还活着，那么你们已经是四年的老朋友了，现在你告诉她，当年为了拖延一下她跟任东告白，而假装胃痛。使这么小的一个坏而已，你会恨她吗？"

苏妍心里想当然不会的，但她只是说："如果任东知道当时我撒谎……"

"我想，就算他当时知道你在撒谎他还是会送你回家的。他那样的男生绝不会放着你不管。"林晓路边说，边拿出纸巾帮苏妍擦眼泪，"假如活着的人为死者愧疚太多的话，他们也不能安心的。以后再想起小芹，你只要记得她在公园里写过'大家都要幸福'就好了。我想这是她真心的希望，所以对她最好的纪念，就是实现她这个希望。"林晓路相信小芹确实会这么想。一个会写下那样的句子的女孩。一定会这么想的。

苏妍充满感激地看着林晓路，她的话让她心里很温暖。她沉默了好一会儿才说："我和任东的事……已经事过境迁了。谢思遥等太久了，我们上去吧。"

是的，一切都已经事过境迁。

那时候，她甚至比任东还高一点。她默默地站在他背后看他打架，有时候自己也上去给对手两脚。那时候她曾把自己的少女之心藏在冷冰冰的外表下面。

任东是不是喜欢我？

四年前，这样的想法会让苏妍脸红心跳。那时候每当他们之间因为小小的暧昧而尴尬起来的时候，苏妍就会冲上去打任东一拳，在他看到自己脸红之前就跑到他的前面去。这些往事，像快进的录像带一样迅速出现在苏妍记忆里。

但那些单纯的日子跟简单的爱情再不会回来。一切都已经过去。事过境迁。

9 / 新的一天

在大家齐心协力的照顾下，昏睡了三四天的谢思遥，渐渐恢复了元气。

大白还是不允许她多动弹，苏妍每天都强迫谢思遥喝乌骨鸡汤。任东每天都跑很远帮她买乌骨鸡汤。

谢思遥昏睡时房间里压抑得让人窒息的气氛,在她清醒后奇迹般地消失了。她有时候会坐起来和大家一起挤在床上看电视。那时候打开电视永远都会有一个台在放周星驰的电影。而那时候的他们永远也看不腻周星驰的电影。

大家嘻嘻哈哈地为了那些看过好多次的段子笑着,都忘了各自身上留下的伤痕。靠近爱情的时候容易被灼伤,可友情却能让人亲密无间地拥挤在一起。

苏妍最后还是接了王成的电话,淡淡地说了几句话就挂断,只字不提自己打不通电话时的痛苦,也不再主动打电话给王成了。

离开重庆前的最后一个晚上,被迫在床上躺了一个星期的谢思遥终于按捺不住了,爬起来叫醒大家去逛街夜市。一会儿要吃酸辣粉,一会儿要吃小面,大白十分担忧地跟在她身后。医生以为他是肇事者,狠狠训了他一顿,叮嘱了他各种注意事项,不能吃辣也是其中一项。谢思遥好不容易才讨到一碗没辣椒的酸辣粉。

吃了两口,她就低头伤感地说:"以后都吃不到这样的味道了吧。"大白说:"重庆又不远,等你能吃的时候,我再陪你来。"

忽然,一个戴帽子的人撞了一下苏妍,然后加快速度往前走了。跟在苏妍背后的任东抓住了他,一拳揍上去,伸出手说:"交出来!"

林晓路以为任东是当街抢劫,吓得说不出话来,那个戴帽子的人颤抖着,从怀里摸出苏妍的钱包,放到任东手里。任东说了声"滚",松开了手。苏妍惊讶地接过丢失的钱包,任东轻轻拍着她的头说:"钱包被偷都没发现,真是笨。"

"你跟在后面我就不用担心了嘛。"苏妍终于对着任东露出了笑容。在旁边的林晓路一边啃着烤排骨,一边为就算苏妍在闹别扭,任东也在背后默默保护着她而感动。

大家打打闹闹地走着,一次次在重庆弯弯曲曲的山路中迷失,但他们一点也不在乎。后来谢思遥累了,大白就将她背在背上,大家一直走到天空渐渐亮起。

在初生的晨光中,谢思遥大喊了一声:"今天是新的一天!"然后让大白放她下来,和大家抱在一起,重重地说:"谢谢你们为我做的一切。"

那天,在回去的班车上,一夜未眠的林晓路摇摇晃晃地做着梦。梦中,苏妍、谢思遥、任东、大白的脸,不断地晃动在她面前,她和他们肩并肩,一起看着巨大的朝阳。

他们比同龄的孩子经历得多一些,所以早熟。有时候他们以为自己正在老去,以为他们生命里的单纯正在一点一滴地失去。却没发现,十七八岁的他们,其实在一个多美好的年纪。

在这个年纪的我们,根本不需要畏惧有什么会失去,抬起头骄傲地活下去就可以。

回成都后,谢思遥没有再到学校上课,电话也停了机。一个星期后苏妍收到了谢思遥从重庆寄来的信。

亲爱的苏妍:

你收到这封信的时候,我已经在悉尼了。我说希望在出国前能和朋友们留下一些美好的记忆,父母才同意我去重庆的。

亲爱的,我舍不得你们,却需要一个新的开始。我没有勇气当面对你们说再见。这些日子,你们已经陪我流过太多眼泪了。我不想,大家又一次抱在一起哭。够了，我们不要再哭了。我要记得大家都开开心心的样子。

苏妍，我有很多很多话想对你说，却不知道该如何写下来。现在只是后悔我们花了那么多时间来怄气，我知道我到了那边后，最想念的人一定是你。你要幸福。开开心心的。不要让王成欺负你。苏妍，你这个笨蛋。你明明就知道任东的心。

林晓路，一开始我很不喜欢她。也不明白为什么会和她成为朋友。但以后我也会想她的。未来的日子远离家乡和朋友，我会想起她那种一点也不害怕孤独，一个人也无所畏惧的勇气。虽然我不想承认，但我有些佩服她。

请告诉大白，感谢他。非常的感谢他。我明白他的心。但现在的我，一团糟。那份心太重了，我承担不了。

苏妍，我真的不擅长写信。现在我已经哭得写不下去了。就此停笔吧。

我爱你们。

思遥
9月30日

这封信，也许是那夜在曲曲折折的街道上行走时，谢思遥悄悄寄的。苏妍看完这封信，望着窗外久久不语。

很久之后，苏妍和林晓路都没有收到谢思遥的消息。也许，她需要一个全新的开始。把留在这里的快乐，连同悲伤一起掩埋。

这里天气已经开始变得寒冷了。听说，悉尼的此时，正要走入温暖的夏季。

六
好汉哪里来

1 / 小雪

高三地狱咖啡的冲调方法：三分之一的咖啡粉加上三分之二的水。

林晓路拧开保温杯时整个教室都飘散着咖啡的香味。抿了一口，被苦得抽了一下，清晨的睡意被驱散，双眼精神地放光。苏妍从林晓路手里接过杯子，往里面倒了一大半牛奶，喝了一口，还是被苦得皱了一下眉头。

松散的艺术职高在高三上半期也开始有紧张的气氛了，这一年他们还要完成美术集训和艺术高考。最后才是轰轰烈烈的冲刺复习。韩彻报的大学，每年只有很少人能考上。林晓路没有自信能考上，她的自信在很多年之前被爸爸丢到了垃圾桶里。但她抱着"死马当成活马医"的心情，一头扎进了复习的紧张氛围里。

听得懂的科目尽量听，听不懂的数学课背英语单词。回到家里之后开始通读之前被画满了漫画的政治历史地理书。有时候还和苏妍一起讨论考试题答案,苏妍讨论着讨论着,忽然笑了说:"真没想到我们居然在讨论学习的事情!"

从重庆回来后,苏妍像是变了一个人,像是要把用在恋爱上的力气,和谢思遥离开的伤心都转入到学习中去。认真投入到一件事情中去以后,时间似乎过得特别快,三个月就在两人埋头题海的时候,刷刷地流逝了。苏妍说,比起恋爱,学习真是太简单了,付出真的能有回报;而恋爱,有时付出得越多收到的伤害也越多。林晓路抿了一口地狱咖啡,抽了一下说:"原来学习和恋爱还有可比性。"

期末考试的时候林晓路惊讶地发现大部分的题真的都会做,成绩下来的时候她自己更是大吃一惊,虽然数学只有12分,但总分的名次却由35名上升到了15名,苏妍也考了第18名。

班主任走进教室看到苏妍第一次亲切和蔼地笑着,她一直知道苏妍本质上是个不坏的学生。学期末林晓路的妈妈第一次参加家长会被表扬。作为全班进步跨度最大的同学之一,林晓路还被颁发了奖状。她忽然明白,小学中学成绩不好的噩梦,是数学造成的。她的脑子就不是设计来学习数学的,老师和父亲却非要她花大量时间来和数学作斗争。她现在发现,自己只要将精力用在正确的地方并且付出努力,就能把事情做好。

期末领成绩单的那天,上午十点多,成都灰蒙蒙的天空飘起了细沙般的小雪,林晓路的位置变成了最佳观景台,南方很少下雪,班上的同学都兴奋地挤到窗台,一边呼着白气,一边兴奋得叽喳乱叫:"下雪了!"就连班主任面对这个闹哄哄的场面,也只是面带微笑,站在窗边和大家一起赏雪。

苏妍看着窗外说:"只有南方才会管这种掉冰渣的天气叫'下雪',北京冬天的雪,会积到膝盖厚,踩上去嘎吱响。"

闹了好一会儿,班主任才拍拍手说:"这学期的总结还是要做的。苏妍!林晓路!"

林晓路紧张地想:"完蛋要被骂了!"但班主任只是和颜悦色地说:"你们两个上学期进步很大,跟大家分享下进步经验吧!"苏妍和她假装耳聋坐着不动。

"刚才你们不是聊得很起劲儿么,给你们机会说个够,你们俩谁先来?"班主任亲切地调侃着她俩。苏妍立刻就把林晓路卖了,指着她说:"是林晓路带领我进步的,让她讲吧!"

"还能带领同学进步,很好!林晓路!上台!"班主任下了命令,林晓路知道是推脱不掉了。蹭着桌子边儿慢慢挪到台上。

迎着几十道目光,林晓路的脑袋自然又短路了,切换到了走神模式。

假如我有预知能力的话,我今天一定装病逃课。林晓路想。不对,假如我有预知能力的话,我要先去看看今年的高考题目是什么……啊哈哈哈。她得意地笑了。然后回过神来,脸又刷地红了。和台下的同学尴尬相望了一会儿后,她终于开了口:"我……不好意思啊,我有点害羞。"她边说边挠头,就要白发搔更短了。

同学们都笑了,下面有人喊:"没关系!耿直点!"他们带着笑意的目光原来是那么友好。

两年多了,班上的同学早就已经彼此熟悉,那时候的我们之间没有办公室之间的隔板,也没有钩心斗角的险恶。胳膊挨着胳膊,桌子靠着桌子,拥挤在狭小的教室里。矛盾跟感情也都扩散不到更广大辽远的地方去——在高中之后的人生里，我们将很难再有机会跟一群人朝夕相处那么长的时间了。

林晓路决定说出自己的真心话："也许……这次是因为运气比较好吧，复习到的题都考到了。希望大家高考的时候也跟我这次一样运气好！我说完啦！谢谢大家！"然后一路小跑地逃回座位上，脸颊发烫。同学们乐了，都哈哈地笑着鼓掌。

"大家不能只相信运气啊。"班主任也笑了，接着说，"那么请另外一位进步很大的郭潇悦同学上来吧！"郭潇悦和前排的同学打着哈哈轻松地上了台。她是班上最小只的女生，穿的已经是小号的校服了，却还是需要把裤腿折起来一点。她自然卷的头发被剪得很短，圆脸盘上有一双大圆眼睛，它们就算在眼镜片背后，也十分明亮。

她说："我以前，视'上进心'这样的东西如粪土，但现在我觉得它很重要。我讲完了！"郭潇悦眨巴着眼睛，像说了个玩笑，蹦蹦跳跳地回座位了。

"你们不能这样就说一句话呀！"班主任抗议了，"再这样我就要在寒假作业里加上写一千五百字的学习感言了！"

"不嘛！"大家讨价还价起来了。教室里忽然又乱哄哄的一团，大家像孩子一样对班主任撒娇起来了，一千五百字的感言大家都非把头挠破了不可。

"好啦好啦，寒假我就不额外布置作业了，大家根据自己的时间来复习吧。离高考时间真的不多啦，大家好自为之吧！"班主任很官方地总结了一下，解散了心早已经飞到外面，在小雪花中旋转着的大家。

苏妍的电话又响了，这是王成今天打给她的第三个电话。苏妍叹了口气，掐断了它，心里很乱。

从重庆回来后，苏妍曾认真地说过想和王成分手。王成并没有挽留她，只是用很沙哑而沉重的声音对她说，那次他的失踪，确实是因为一个女人，他在跟过去的一个女朋友分手，心情有些低落，所以没有接她的电话。然后欲言又止地叹了口气。

这段话再一次奇怪地溶解了苏妍的心，她又开始抱有一种奇怪的乐观，觉得王成正在一点点地理清他和其他女生的关系，最后他的世界只会剩下她一个人。过两天王成就会若无其事地打电话给她，不知不觉他们又恢复了以往的关系。

这种情况在反复发生。在恋爱里，我们常会用自己的心去揣度别人的心。苏妍用自己的心为他找尽了理由。最后她发现，其实只要一个理由就够：她愿意留下，愿意将他残酷而漏洞百出的话，解读为他难以表达的真心。

王成总说自己创作很辛苦，觉得孤独又没有人理解。苏妍每次想和他分手，就会看到王成蹲在一个微弱的光线里坚持着自己的梦想，惨兮兮的背影，好像在请求她不要走。但苏妍去关心他，照顾他的时候，却不知什么时候又会越线，甚至只是无心地问了句"上周末你在干嘛呀"都可能让王成愤怒地喊道："你干嘛要管我！"苏妍一直分不清在王成的世界里，哪条线是他可以接受的关心，哪条线又侵犯了他的自由。

今天她觉得需要一点时间来思考这件事，所以没接王成的电话。

苏妍拽拽林晓路的胳膊，将她拖到了新华书店。复习资料多如牛毛难以选择，苏妍干脆推了一辆购物车，看起来靠谱的都放了进去。

苏妍拿起一本《历年数学高考试题》看了一眼，耸耸肩膀，用反正也看不懂的态度放了回去，说："任东发现数学考试的时候按'ACDC'的顺序乱写，得分率最高哦。"

林晓路好奇地问为什么。"ACDC是一只重金属摇滚乐队,任东早上总要听着他们的音乐才能清醒过来,一次期末考试他一边哼着小曲儿一边将选择题答案按'ACDC'的顺序写完了,得了四十多分!那之后他就更崇拜ACDC了!"苏妍笑了起来,讲述任东好玩的事,她的心情忽然变得很好,"他那么喜欢这个乐队我还特地找来听了,任东很兴奋地问我听后的感想,我跟他说主唱就跟喝了硫酸在唱歌一样。他特别不高兴,后来我一跟他谈音乐他就岔开话题。"

从书店出来,去苏妍公寓的路上,她们一人拎着两大袋子沉甸甸的书,准备好制定复习计划。

"花了这么多钱买复习材料又费了这么大力气搬回来,你一定要好好看啊!"林晓路拿着书胳膊都快拖到地上了,对苏妍叮嘱道。"是!"苏妍清脆响亮地说。

从电梯里出来的时候,她俩还在高高兴兴地说着话。林晓路本以为她和苏妍将会有一个充实而快乐的寒假。

打开电梯门,苏妍的脸色变了,手里的复习资料掉了一地。

王成正在电梯口,不耐烦地狂按下楼键。见到苏妍他有点生气,说:"合作过的广告公司让我来成都参加年会,我想着可以来看看你才抽空来的。你却不接电话。"

苏妍没说话,开始低头捡掉了一地的复习材料。王成也蹲下帮她捡,沉默了好一会儿,苏妍才说:"对不起,我在上课,没听到。"然后抬起头,满怀歉意地对林晓路说:"晓路,你先回去吧……"

一瞬间,林晓路忽然想,如果谢思遥也在这里就好了,她一定会走过去,指着王成的鼻子对他说:"苏妍这么好一个姑娘,你别总让她伤心,不然我对你不客气!"

可惜林晓路始终是不善言辞的,她狠狠地瞪了王成一眼,问苏妍:"你确定?"

苏妍站起来,将一堆复习资料递到林晓路手里,让她带回家,还重重地说了一声对不起。电梯门关上的一瞬间,林晓路看到苏妍白净的脸蛋,陷进了王成黑色的外套里。苏妍一边内疚地说着对不起,一边又将自己的心交了出去。林晓路预感到,这个寒假期间,都不会再见到苏妍了。

走出苏妍住的小区,雪似乎变大了一点。冬天空气贴着脸上裸露的皮肤,有些刺痛。南方小小的雪花,努力地想要冰冻起自己的世界来隔绝外来的伤害。可它们无论怎么努力,都无法像北方的雪,可以果断地冰封住整个大地,落满一片绝情的空白。

2 / 咚嗒 咚咚嗒

不知道什么时候开始时间过得这么快的。

好像人越小的时候,时间过得越慢。林晓路记得小时候,外婆家曾经挂过一本《红楼梦十二金钗》的挂历,每个月都是一张漂亮的美女图。那时候要翻过一页月历需要那么长的时间。最后翻到有黛玉葬花的十二月那一页,好像已经过了几个世纪。

也许人长大了之后世界就开始变得越来越小,时间就开始变得越来越快,总有一天属于你的生命时钟会像疯了一样地旋转起来让你怀念之前错过了的每一天。

不能再闲着了。林晓路骑了半小时的自行车去参加补习班。

谁都知道二十五中的文科教育让人根本吃不饱。虽然高一高二"参加外校的补习班"这样的事情对同学们来说和去打高尔夫球一样资本主义得不切实际。但高三将近，大家还是纷纷报名了各种补习班，做一下垂死挣扎。即使未必真的能学到东西，但把周末发呆的时间挪到补习班里，也能图个安心。

数学补习班的试听课堂。那些求知的脑袋们黑压压的一片拥挤在狭小的教室里。林晓路因为迷路而迟到了十分钟，低下头悄悄地溜进教室——只剩下第一排吃粉笔灰的位置了。挨了恨不得把黑板上写的公式都吞下去的学生们的白眼后，林晓路战战兢兢地坐定，不敢乱动了。

数学老师用粉笔在黑板上用力地写下历年考试的重点题型，粉笔铿锵有力地敲打着黑板——不愧是重点学校的数学老师，果然比二十五中的老师更有气势。尽管这是林晓路有生以来最认真的数学课了。但数学老师讲的东西她还是一点都听不懂，他那气运丹田的讲演，配合他的指关节不断敲打在黑板上的声音，在林晓路的脑海里逐渐变成一首鼓点强烈的RAP，她脑内听到的声音大概是这样："咚嗒！这一点很重要，咚咚嗒！那个也非常重要！我所讲的每一句话，都异乎寻常的重要！咚咚嗒！咚咚嗒！WE WILL WE WILL ROCK YOU……"

尽管数学老师气势如虹，林晓路的思维还是漂浮到几万光年之外了。

她想起了电影《美丽心灵》，她喜欢片中那个因为看得到幻觉而被人认为是疯子的数学家。

脑子里有那么多日常生活里用不到的数字，疯掉也挺正常的吧。

说不定他看到的那些虚幻的人是真实存在的呢，只是他们生活在另外一个空间，只有那个数学家碰巧能看见，幻觉不会变老不会长大是因为来到我们生活的世界时，他们的时间就静止了。他们只能看到数学家，只能跟他做朋友，但数学家却最终相信了这是他自己精神的问题而不跟他们说话了。他们一定很悲伤吧。

数学老师猛地一拍桌子，飞扬起的灰尘落到林晓路的鼻尖，惊得她震了一下。目光回到了数学老师身上，他仿佛指挥着千军万马的领头将士般威严地问：

"同学们，假如高考的时候遇到这样的题目，该怎么办？"

他话音一落，收起利刃，将这个问题抛给在高考分数线上命悬一线的学子。他得意地扬起嘴角，看吧，马上你们就会知道学费交得多么值得。

教室里一片寂静，求知的脑袋们都在渴望着数学老师施舍答案，用期盼的目光为他镀上一圈神圣的光环。

此时，林晓路背后有一个声音气势如虹地答道："放弃！"

这个答案正说到了林晓路的心坎儿里，她充满钦佩地回头一看，居然是郭潇悦，开心地跟她挥了挥手，笑了起来。然后发现周围的同学都恶狠狠地看着她们。数学老师狠狠地一甩头发，根本不搭理她继续讲课。

"他们可真是没有幽默感啊！"林晓路转头悄悄地对郭潇悦说。旁边正经听课的同学又开始翻白眼了。

"你们两个！滚出去！补习班不欢迎你们这种学生！"数学老师充满了正义感地为民除害。

"老师，您练过铁砂掌么？敲打黑板真是铿锵有力！"郭潇悦一点都不生气，一边收拾东西一边笑嘻嘻地对他说。

周围还是没有一个人笑，数学老师也丝毫不理会郭潇悦，大家都吹鼻子瞪眼地等着她俩离开。假如那些愤怒的眼神换成机关枪，她们俩早就变成蜂窝了。

对这里坐着的孩子来说时间就是金钱金钱就是时间，他们花费了金钱跟比金钱更宝贵的时间到了这个校外的课堂，所以每一分每一秒都很重要，不想浪费来听陌生人搞笑。

还是走为上策。林晓路知道高考的残酷，却还是不明白为什么要把大好的青春耗费得连幽默感都没剩下多少。难道就不能高兴快乐地学习吗？

好在第一天的试听是可以全额退款的。两个女孩结伴去了财务处。

"要不咱们一起报个英语补习班吧！"郭潇悦看着高三强化复习班上密密麻麻的各类科目，对林晓路建议道。

"可以啊。"反正什么科目都是那么差，学一点是一点，林晓路想。

"好，那么接下来的日子里我们一起努力地不逃课吧！"郭潇悦开心地举起手，要求林晓路和她击掌。击掌的声音清脆地弹入操场上空。

林晓路问："为什么是努力不逃课啊？"

郭潇悦叹了口气，握拳说道："我太了解我自己了，如果没人监督我一定会忍不住逃课！击掌之后，我们就是补习联盟了，必须互相监督不逃课！"然后她立刻开心地哼起了小曲儿，"不过英语补习要后天才开始，咱们回家吧！"

林晓路见她这副样子，心想要是刚才那个数学老师听到她们这段对话，一定会咆哮道："快走开！你们光是站在这里就拉低了整个学校的水准！"

回家路上才发现她和郭潇悦住得很近，要同路好长一段时间。林晓路问了郭潇悦高三时期大家最喜欢讨论的问题："你想考哪儿啊？"

"北京服装学院！"郭潇悦毫不犹豫地答道。那是个很难考的学校，二十五中的历史记录里没有人考上过。林晓路佩服郭潇悦的自信。

"你去过北京吗？"林晓路继续问。

"去过的！我喜欢北京！"郭潇悦兴致上来了，"也许土生土长的北京人有一些天子脚下的傲气，但那里充满了来自全国各地各行各业的年轻人带来的生气，他们才是北京真正的主人！"

林晓路想起了苏妍，苏妍总觉得北京的环境很糟糕，交通也很差。那里的人生活压力很大，人跟人充满了紧张的气氛。

"也有很多在北京生活过的人不喜欢北京。"她曾经无数次听苏妍说起自己在北京的那段日子，又听苏妍说王成口中的北京，每个人心里的北京都那么不同。

郭潇悦说："不只是北京啦，只要人不开心就什么地方都有不好，哪里的人跟人都有压力。不过呢，我爸说，成都人是全中国最自恋的，生活在成都的人很少说成都不好的！"

"嗯，我也很喜欢成都。"林晓路生活过的城市也不过是外公外婆的小乡村，还有乐山那个小城市。她对成都还没有太强烈的归属感，但她喜欢这里，在这里她被自己的守护神一脚踢出了自己封闭的城堡，开始看到周围真实的风景。

"我到了！"郭潇悦在一个花园小区的门口停下了，"后天下午你在这里等我怎么样？"

"好啊。"林晓路虽然很喜欢一个人单独发呆的时间，但她也很高兴周末的补习班上有个朋友可以在来回的路上说说话。不知道从什么时候开始自己喜欢跟周围的人说话了？

冬天很冷了，天黑得很早，林晓路往毛衣里缩了缩脖子，决定去芳草街晃一圈儿。

韩彻毕业后，她很少去芳草街那一带，有时在"中央公园"买漫画，看到"公园旁边"的门开着，也没去跟大叔打招呼。大叔在里面，她就觉得安心了。他在过什么样的生活，和什么样的女人在一起，只要那个人不是小蔓，她就不想关心。

还在街对面的时候，她就看到"公园旁边"拉着卷帘门，而门口坐着一个熟悉的身影。她揉揉眼睛，不想再叫错人，再次睁开眼睛，使劲看了一会儿，终于确定了。

树神真是对林晓路有求必应，虽然实现"希望小蔓姐能回来"这个愿望过了半个学期。但张小蔓确实回来了。

橙色的路灯灯光下，穿着黑色大衣的张小蔓坐在台阶上，双手抱着肩膀。头发蓬蓬地簇拥着她表情安详的脸。旁边还放着一个喝光的红酒瓶。"公园旁边"的红色门框，像将她框在了一张画里。

"小蔓姐！你怎么坐在门口啊，不冷吗？"林晓路把自行车停下，开心地蹦了过去。

张小蔓看到她也很高兴："林晓路同学！你好！"然后带着酒气悠悠地说："想给老胡一个惊喜，他却不在家。"

不管大叔是不是会惊喜，林晓路是惊喜到了，然后又担忧地问："小蔓姐，你喝醉啦？"

小蔓像在水中一样，轻轻挥着手，说："我很清醒……"然后，又像在水中一样，悠悠地，给林晓路讲述了一个"很清醒"的故事。

特别篇：张小蔓，很清醒

    张小蔓常记得自己开着水龙头，好让卧室里的那个人听不到自己在哭。

    在她生日的时候，胡旭也曾飞到上海来给她惊喜。可一个不能给出全部爱情的人，无法接受惊喜。她和他的爱情，只能被留在成都某处那个叫"公园旁边"的小店里，只能留在过去的记忆里。

    她知道，如果她的生命里，真的有什么"一生的挚爱"那一定是胡旭了。可她从不会爱别人超过爱自己，多年前，她就发誓，要朝成功的道路走去，付出多少代价也不计。

    她让胡旭买了回程的机票，让他离开上海，然后看着他沮丧的背影消失在检票口。

    她的生日，已有人陪伴。那个人会在五星级酒店顶层订一个看得到外滩夜景的套房，和她坐在窗边吃一顿烛光晚餐，送她一件昂贵的礼物。

    她黑色的丝绸睡衣从那个人的臂膀滑过去，斜着身子轻靠着他。那个人轻轻将她的头发撩起，将一串项链戴在她的脖子上。吻了她的后颈，理好她的头发。

    她站起来，朝镜子里看去。细细的玫瑰金链子上，有九颗小钻石，像滴落的眼泪一样，优雅地坠在她胸前。

    "和你真配。"他从镜子后面抱住她，由衷地说。

    "可惜，我不能用它搭配礼服，和你一起去高级餐厅，让大家看看你的女朋友有多美丽。因为很容易就会被熟人碰到，然后，你太太就会伤心了。"她说这句话时情绪拿捏得很好，是在调情的味道。让他心里酥软地感受到她对他的在乎，但又不会对他的家庭产生威胁。

她像一团温柔的火，三年来带给他很多快乐，却又从来不曾失控，从不过分嫉妒，也不曾扰乱他的生活。他需要她的时候，她总在那里，她需要他做的事情，他都为她达成。适度的需要，适度的索取，可以激烈也可以降温的爱情。她是他的完美情人。

再过几个小时，他就要到他完美的家庭里去，扮演一个好丈夫好父亲的角色，但这几个小时他可以忘记那一切，对张小蔓说："我爱的人是你。"说完后他留下一个停顿，等她回应。

眼前的这个人，送她如此昂贵的礼物，为她做画展，给她在靠努力和才华很难抵达的"上流"社会留下一个位置。她怎么可以不爱他呢。

"我也爱你。"张小蔓对他说。尽管，那时，她脑海中只有胡旭的脸，尽管，每一次想起他在机场离开的背影，都觉得心脏刺痛。也要撑下去。贪心的期望牺牲真爱，可以换来一个光鲜亮丽的未来。借着那个人慢慢得到想拥有的一切，为什么还是那么难过，为什么还是不快乐。

她常常开着水龙头，在浴室里哭。有时甚至绝望地想若心可以死掉，只要用物质就可以填满内心的黑洞，多好。

"你们的爱情真美好。"这是林晓路曾对她说过的话。现在想起来，好像是现实在借着一个高中生的天真在讽刺她。

那个傻傻的高中生总是用羡慕的神情看着她和胡旭，赞叹着他们爱情的美好。却不知道，她的爱情，早就变成留在上海雾霾之中的不堪。她能给胡旭的爱，只有被现实挤压过后掉落的残渣。

在机场，看着胡旭的背影时，若不咬紧嘴唇，她也许就会对胡旭说出她在心里一次次对他说的话："别爱我，我是个贪得无厌的自私女人。也别让我爱你。若不爱你，我就可以继续堕落下去，不会觉得悲伤，也不会觉得痛苦了。"

哭完后，继续回到那个人的身边，演他心中的完美小女人，靠在他身边，一起看着电视。

他一个一个地换台，电视中忽然传来："国际游戏展今天在巴黎开幕，新一代《生化危机》创造销售奇迹。"他正要换台时，她按住了他的手。

他用手环住她的肩，说："这么大了还关心游戏，真像个小孩。"她明媚地露出他百看不厌的笑容，调皮地说："这就是我保持青春的秘诀。"她将头靠在他肩上，在闪烁的屏幕前，她的意识又回到"公园旁边"的红色沙发上，她紧紧抓住胡旭的胳膊，害怕又兴奋地看着他在僵尸中杀出一条血路。

我，好想回你的身边。他们说，我已青春不在了，不成熟的爱情，要丢弃。要学会利用可以利用的一切，做个成熟的女人。可是我，多想回到你身旁，当个幼稚的小姑娘，一起玩那些真正的成年人不屑的游戏。无论走得多远，堕落得多荒唐，以为自己拥有了自己配得上的一切，几乎就要把你忘记的时候，才发现你一直在我心里。而我，也总是一次又一次地想要回到你身旁。

张小蔓忘了她的听众只是一个高中女生。故事里那些大人们的贪心和纠结，她都听不懂。但林晓路听懂了一件事，张小蔓还爱着大叔。这就够了。已经很晚了，大叔今晚要是不回来怎么办？就在林晓路担心着的时候，一个影子遮住了橘黄色的光，在小蔓脸上留下一片蓝色的阴影。顺着影子抬头去，是胡旭惊讶的脸。

小蔓摇摇晃晃地站起来,扑过去抱住胡旭,酒醉的她已一夜未眠,说完一句"生日快乐"就在他怀里睡着了。

"她喝醉了又说了很多胡话吧……辛苦你一直在这里陪着她。"大叔抱着小蔓哭笑不得地皱眉头,充满歉意地对林晓路说,"这个张小蔓真是的!"

然后又露出笑容像很高兴见到林晓路一样,说:"你这丫头好久都没来了,不过好像你一来就有好事发生。"

林晓路看着大叔,鼓起勇气对大叔说:"小蔓姐确实说了很多话……她说她爱的人是你。"

光是转述这句话,林晓路就红了脸。大叔惊讶了一下,像是意料之中,却不敢确定似地说了句:"是吗?"

他的眼神中出现了林晓路从未见过的温柔波澜,他说:"谢谢你。"然后就抱起张小蔓进屋了。

从此,张小蔓跟大叔幸福地生活在一起。
全剧终。

林晓路又自作主张地为这个迷失过的心灵终于找到灵魂归属的美丽故事画下了句号,并为它感动得打了两个喷嚏。加快了自行车的速度,奔向夜色里那片橘黄色的灯光里去了。

失踪了几乎整个寒假之后,苏妍忽然打来电话。

那时候林晓路正独自在家背似乎永远都背不完的英语单词。结结巴巴地读着那些单词,又开始走神了,幻想着学好了这些有一天到巴塞罗那去,至少可以问一下路。

"How can I go to……"林晓路想不出来圣家族大教堂怎么说。不对啊,西班牙人是说西班牙语的。

但愿,西班牙的教育部门也跟中国的一样,玩命地教学生学英语。最好此刻将来林晓路要去问路的那个人,也正在努力地学习英语吧!陌生的不知名的国际友人,你要加油呀!想到这里林晓路美美地笑了,将笔尖放到嘴里毫无意识地咬起来。

直到苏妍打来的电话铃声将她从西班牙的英语教育普及问题中惊醒。

"你猜我在哪?"苏妍的声音夹带着冬天的寒冷从电话那头传来。

"巴塞罗那?"林晓路故意乱答。

"我在双流机场候机……我要去北京。"苏妍若无其事地说。

"去北京?马上就要开学了啊!"

"我报考了北影,所以在北京参加艺术集训,文化课也在这边补习……"苏妍说,她对父亲讲出这个理由的时候,父亲立刻就帮她安排妥当了,甚至觉得她在北京可以去更好的补习班学习。丝毫不知道她怀揣任性的目的,想离她的爱情更近。

"你是为了王成吗?"林晓路担忧地问她。

苏妍只是说:"我会好好复习,好好参加集训的。"

"你是为了王成才到北京的吗?"林晓路再次问道,不让她糊弄过去。

"他叫我不要去,叫我留在成都好好复习。他说如果我去了北京,离他太近,我们一定会分手的。但我只是想考北影而已。"苏妍一字一句地说,好像要让林晓路放心。

值得吗?林晓路很想问苏妍,却没问出口,苏妍一定已经在心里问过自己很多次,她已经给出了这个问题肯定的答案,所以她现在才在机场,正要登上去北京的飞机。

"我……要上飞机了。"苏妍说。她只能将这个决定告诉林晓路这一个朋友,只有林晓路知道整件事情的原委而会不责备她做出的决定。

"你,真的要努力好好复习,好好参加集训,好吗?"林晓路皱着眉头说,但电话那边已经是断线的声音。

4 / 一个例外

高中生活的最后一学期开始了。教室里空了十几个座位,有和苏妍一样去外地进行专业强化训练的,也有觉得不屑于高考,另做打算的。人口密度下降了,教室里的空气都比以前寒冷了。

班主任扫视了一下教室,说:"尽量都往前面坐吧,现在人少了。"

一阵稀里哗啦的声音,同学们开始挪动位置。林晓路看着苏妍的空座位,知道她不会再回学校了。她正在伤感的时候,一大堆书轰隆一声放在了苏妍的桌子上,一个元气满满的清脆声音对她说:"你好呀!补习之友!这学期也一起加油吧！"咋咋呼呼如疾风而来的，果然是郭潇悦，她完全不顾林晓路友人离开的伤感情绪，迅速地占领了苏妍的位置。

然后她们理所当然地，一起在数学课走神了。

郭潇悦拿出一本《漫画快递》用老爷爷阅读报纸般的严肃神情，扶了扶眼镜，认真地阅读起来。眼角的余光中林晓路双目发光欣喜地把脸凑了上来。

"干嘛露出这种寒碜的表情？"郭潇悦问。

"原来你也喜欢看漫画！"在林晓路同学念高中的时候动漫产业还没有那么普及，所以每次发现看漫画的人，就像地下党遇到坚持同样革命理想的同志一般欣喜。

"难怪我总从你身上嗅到同类的气息！"郭潇悦恍然大悟地说，"不过这学期我要戒漫画！已经把所有漫画都收了起来！规定自己高考完后才能看！"

她在寒假的第一天，就把自己所有的漫画打包放到了柜子的最顶端，还煞有介事地在上面写了一个"封"字。抬头望见它们的时候心里又痒又痛，便强迫自己低下头，用危难关头大业为重的表情继续努力学习。

"嗯……你说得对。此情若在长久时，又何必朝朝暮暮。"林晓路抿着嘴赞许地点头，一辈子还很长，高考之前的时间很短。在合适的时间安排合适的事才能有效率地用完人生。于是林晓路指着她手里的《漫画快递》问："那……这又是什么？"

郭潇悦不好意思地挠挠头，说："漫画杂志不算漫画！"这个人还真能自圆其说！热爱漫画的郭潇悦，不能把自己密封在没有新鲜空气的罐头里，必须偶然看个杂志调剂调剂。

"哇，好棒啊，从来没有见过这样的画风！"郭潇悦迅速岔开话题。林晓路把脑袋凑过去，看到纸上印着一片鲜艳的色彩，锐利的笔触雕刻出了几个不同的女孩，其中一个很像苏妍。好像油画啊。这也叫漫画？林晓路问："是谁画的啊？"

"我看看，叫王成！是个新人。真可惜，只登了几张画。"

"王成！"林晓路吃了一惊，更加确信画中人就是苏妍了。想到要是苏妍在这儿，一定会自豪地挥舞着这本书，高兴地说："王成的画很棒吧，他一定会成功的！"

林晓路感叹了一声，说："放心吧，以后一定还会有更多他的作品吧。"

王成的作品终于在漫画界破土而出了。苏妍此刻，就在他身边吧。

"没错！中国漫画，一定要走一条和日本漫画不同的道路！有王成这样不同类型的作者，真是太好了！"郭潇悦说着说着情绪激动了起来，开始滔滔不绝地做起长篇演讲。林晓路一边听，一边感动终于有人用如此大的热情，和严肃的态度，来看待一直被视为"小朋友才看"的漫画。

"漫画和文学艺术作品一样，也是记录一代人的情感的载体，过去我们的原创作品大部分都在模仿日本的模式，不敢大胆地挥洒自己的情绪！也许王成会是一个例外！期待他更多的作品！"

虽然郭潇悦的讲演林晓路没怎么听懂，但和她同桌一段时间以后，林晓路已经忍不住有点崇拜郭潇悦了。她知道的事情真多，博古通今。

别的少女在为了感情的事喜悦或苦恼，恨不得到男孩的心里问出一个明白答案的时候，同为少女的郭潇悦却会背完一首李白的诗，啪地一拍桌子说："他大爷的太感人了！"然后神思飞扬，恨不得回到李白那个豪气冲天的年代，与他共饮一杯酒。

5 / 叹息

"韩彻！"

林晓路又看到了那个亲切的墨水点背影，她使劲朝他挥手。韩彻在一片绚丽的光芒中转过头来，亲切地说："林晓路，你也考上这所大学了呢！"

"是呀！我的数学考了 150 分呢！"林晓路开心地挥舞着手中满分数学考卷。

数学考了 150 分？等等，这不对。大地轰隆隆地开始摇晃，手中那张满分数学卷子忽然哗啦啦地变大了，用它细细的纸片儿胳膊摇着林晓路的肩膀说："数学考试满分！？怎么可能！你快醒醒！"

"快醒醒！校门口有人找你！"

林晓路从午休的睡眠中惊醒，郭潇悦正在摇她。迷迷糊糊地问："谁找我？"

"不认识呢，一个挺高挺瘦的男生。"郭潇悦又继续啃着包子看书了。

半梦半醒的林晓路的心差点跳出来，挺高挺瘦的男生！是韩彻吗？连滚带爬地蹦到校门口一看。只是任东而已。

"苏妍最近有和你联系吗？"任东问。

"没有呢……"林晓路回答道。苏妍没告诉任东她走了吗？林晓路想。

"哎……她果然去北京了。"任东深深地叹了一口气。谈话到这里，忽然没来由地终止了，任东没有问出林晓路以为他会问的问题——苏妍去哪里了。答案他心知肚明。

"我很担心苏妍……"林晓路说。

"苏妍她总是做些让她自己跟周围的人都难过的事情。"任东苦笑着说。

林晓路的大脑里没有可以显示的内容。只好继续沉默。

"哎。"任东好像忽然有千言万语关于苏妍的事想说，又不知道从哪里说起，只好重重地叹息。

"我知道你喜欢苏妍。"林晓路脱口而出了这句话，喜欢一个人心里就会变得很涩。忍不住想要叹息。林晓路喜欢着韩彻，看不到他的时候她就那么叹息，苏妍想着王成也会这么叹息。

有时，大叔独自在店里会看着佛头叹息一声，林晓路想他是在想张小蔓。

"当然喜欢了！"任东理直气壮地回答道，"她是我最好的朋友！"

林晓路说的喜欢不是这个喜欢的意思。但她觉得任东的这份毫不犹豫很可爱。她知道，以任东对苏妍的了解，他已经知道苏妍还是没和王成分手，为了他去了北京。这一定比在他胸口猛击一拳还要疼痛。

"苏妍一定会回来的。"林晓路忽然觉得自己必须要说这么一句来安慰下任东。

任东听完，灿烂地笑了，充满信心地说："那当然，我会在这里等她的。"

6 / 麻木和木瓜

危险，危险，危险。

从补习班下课的时候已经天色昏暗了。郭潇悦正在跟林晓路讨论着过去进行时的语法时，忽然一个影子窜出来，抓住了郭潇悦的自行车龙头，大喊：

"你给我站住！"

在郭潇悦愣住的那一秒里，林晓路被吓了一跳。

这个姑娘，把自己的头发漂成浅灰色，并且还梳成刺猬状立着。嘴上叼着一根烟。并且打了唇环。指甲涂成黑色。一身苏格兰红蓝格子。她霸气地吐了一个烟圈儿，叉着手瞪着郭潇悦。

林晓路紧张地想：她是来找郭潇悦麻烦的吗？这时候我飞起一脚打她个出其不意也许还有胜算！

在这个危急关头，郭潇悦却忽然开心地跟那个不明物体拥抱了，还说："好久不见了冯娟！"

"我妈非要我来补习！不然不给我零花钱！"冯娟把烟头往地上一丢，然后用她的大头皮鞋狠狠地踩了踩，"你坐在前排一副用功的样子，我都不敢认你了！"

"嘿嘿。"郭潇悦抓抓头笑着说，然后又指指愣在一旁的林晓路说，"这是我同学，林晓路。"

"哦。"冯娟斜眼瞅了林晓路一眼，毫不掩饰对她的鄙视，又皱眉打量了郭潇悦一番，说，"你这死丫头，现在怎么一副良家妇女的样子啊！"

"哎，年纪大了嘛！"郭潇悦用认真的语气说出了玩笑话的效果，冯娟哈哈大笑。

"嘿，我正要去找阿琉她们玩呢，一起去吧，大家都很想你呢，转学了之后连个消息都没有。"

林晓路这才想起，郭潇悦是高二那年才转学到二十五中的，比她还晚一些。

"我要回家复习。"郭潇悦眯着眼睛说。

"靠,开什么玩笑啊,走走走。"冯娟拉着她的自行车龙头。

"我不去。"郭潇悦小小的个子无比稳健地拽住车龙头,"我要回家复习。"

冯娟意识到她是认真的,抓住龙头的手松开了。换上蔑视的笑容,她一字一句地用最冰冷的语气说:"郭潇悦,你变了。你以前挺酷的,都是你带头逃学,现在你却变得这么无聊,还跟这些无聊的人在一起。"说完还瞟了林晓路一眼。

郭潇悦耸耸肩笑了,淡然地说:"变了就变了呗。"

"你现在怎么变得这么麻木?"冯娟做出一副朋友被应试教育毒害至深的痛惜表情。

"麻木?是木瓜的一种吗?可以吃吗?"郭潇悦听了这个问题差点笑出来了,"拜拜哈,我要回家复习了,你玩得开心哦。"

然后潇洒地对林晓路说:"我们走。"

这个时候,林晓路觉得穿着朴实校服,并且校服上还有一些水彩颜料的郭潇悦比扮相醒目的冯娟COOL一百倍。

两个人默默地骑了好远之后,郭潇悦忽然哈哈大笑起来,说:"她们还真是一点没变!"

"以前的同学?打扮可真夸张啊。"

"嗨~这算什么,我转学过来之前,比她更夸张,我以前还染过大红色的头发,走在路上回头率百分之二百。"郭潇悦平静地说。

林晓路吃惊得想倒退二百米远好和她保持安全距离。

她还以为郭潇悦从出生的那天开始就是这样一副朴素勤奋的模样。她一直套着大大的校服,有时候上衣的下摆都快拖到膝盖,袖子能甩来甩去,也毫不介意,只关心着读书(包括漫画书)。

"你那样的发型,爸妈不管吗?"林晓路问。

"我妈对我就是一顿暴打吧。我爸却夸我有个性,建议我剃成朋克的刺猬头!"郭潇悦说,"还把剃刀塞到我手里!"

"学校的老师呢?"林晓路问,二十五中的高中生守则上明确规定不准染发必须穿校服。但林晓路心里一直默默感谢这个制度,她没有那么多好看的衣服,校服遮盖了她这方面的自卑。

"当然管啊,那段时间我去学校的时候都戴帽子或者头巾。不过我那时候根本就很少去学校,所以老师也没有注意到我头发什么样子吧。"郭潇悦做出仰天思考的样子。

"很少去学校?"怎么越说越不靠谱了。

"那时候,我经常早自习的时候到学校把书包放下,然后晚自习完了去拿了书包回家。有几门课的老师根本不认识我。"

林晓路又差点退出二百米远!

"你……你是被开除的吗?"她小心地问,心想这人搞不好是个比苏妍还厉害的狠角色。

"不是!那种私立学校只要不杀人放火基本不会被开除的。我在那里的朋友都是平时上学就玩,考试就抄答案。日子过得特别容易。也不用考虑将来。"郭潇悦说,"以前我都觉得那些努力学习的人是傻逼,就好像现在冯娟觉得我是傻逼一样。"

林晓路好奇她思想的忽然转变,问:"你是怎么忽然觉悟的呢?"

郭潇悦的脸忽然红了,有点不好意思。

"高一下半期一次月考,我去老师办公室偷了答案,不小心抄太多正确答案，考得异常的好。当时我特别害怕！我妈看了这个不可思议的分数肯定会知道我是作弊，把我暴打一顿！结果她跟吃错了药一样，高兴得热泪盈眶！还把卷子装框放在了客厅里！"

"那不是挺好的吗？"

"好个头啊！那段时间，她每天做各种好吃的给我，逢人就夸我学习进步，搞得我心里那个难受啊。我宁可拿个零分的卷子回去让她结实地揍我一顿，也不想成天看着她闪闪发光的信任眼神良心受到谴责。"

"你是被虐狂吗？"

郭潇悦瞪了她一眼继续说："老实说，我以前不学是觉得那些题只要看书了我就都能做。不想学只是没玩够。但那之后我实在没心思玩了，十分认真学习了一段时间，真的考出了那个成绩。我心里才终于踏实了。"

"真厉害啊！"

"高一的东西都很简单嘛！当然了，我聪明也是没有办法的事情。然后我就对我妈招了上次的考试成绩是作弊，但这一次的成绩是真的。并且保证我以后再不作弊了。"

"哇，那你妈怎么说？"

"我妈看着我哈哈大笑。"郭潇悦眨眨眼睛。

"啊？"

"我妈说，她一看那成绩就怀疑我作弊了，但她告诉自己一定要冷静，要相信我。因为，万一这个成绩真是我忽然觉悟了好好考出来的，她的不信任就会永远打击我的积极性。所以她立刻说服自己，无论如何，一定要相信我一次！"

"哇……你妈妈真是太聪明了。"林晓路由衷地佩服起这位有勇有谋的妈妈来。

"那当然了,要不怎么生下了这么聪明的我!哈哈哈哈。"郭潇悦得意得鼻孔朝天。

"有一个词,不知道你听过没有,叫做'谦虚'。"林晓路装出严肃的样子对她说。

"谦虚?是食物的一种吗?"郭潇悦就好像一只小斗牛犬,随时精神抖擞地汪汪汪,对自己所做的一切充满了信心。相信我,林晓路想出的这个比喻绝对是对郭同学的赞扬。

郭潇悦继续喋喋不休地说:"后来我妈和我长谈,说这一年来有过好多次痛扁我的冲动!她早就知道我旷课逃学,偷偷跟踪了我几次。发现我总是去买服装杂志,还去商场画当季大牌服装的款式。她忽然明白,原来我很喜欢服装设计,觉得我还有救!就带我去了北京服装学院参观,让我找到了目标!"

"转学是因为你的朋友影响你学习吗?"林晓路问。

"要是我想学,谁也别想影响我。我已经叛逆过了。归于平淡了!转学是因为二十五中更适合我!"郭潇悦高兴地说。

"你不会怀念以前那样的日子吗?"林晓路问。

"以前每天疯玩儿的时候,心里特空虚。现在每天都安排得很满,知道自己在朝理想靠近,心里就很踏实!"郭潇悦诚恳地说,"其实我理解冯娟。如果高一时候的我看到自己这样,也会说你麻木了无趣了之类的!"

"那现在的你会对过去的你说什么呢?"林晓路问。

"觉悟吧!笨蛋!"郭潇悦一本正经地说,然后她又摇摇头说,"我傻呀！当然是告诉自己彩票中奖号码……我家到了！解散！"

"解散！"林晓路也说。

郭潇悦已一蹬自行车杀出去好远了。她可真是个精神抖擞元气满满的家伙啊。

林晓路忽然觉得郭潇悦真勇敢。她特立独行地染头发时，不怕被妈妈暴打一顿，很勇敢。明白了自己真正想要什么之后，归于朴实，不怕别人冷言冷语的自信和坚持，更勇敢。

如果高一的我看到现在的我，会说什么呢？那时自己的心，全部被对未来的恐惧填满了，也许都不敢睁开眼睛看自己未来的模样。林晓路就这么一边想着，一边跟着惯性，毫无知觉地晃到了"公园旁边"。想着，那就去跟大叔打个招呼吧，说不定小蔓姐也还在呢。

"公园旁边"的店里投出橘黄的灯光，勾勒出一对男女热情拥吻的场景。

男的是胡旭，女的不是张小蔓。

她以为自己看错了。然后大叔搂着那个陌生的女人上了楼。店里的灯光暗了下去。

林晓路的心被刺得很痛。

大叔和小蔓又分手了吗？还是其实大叔就是个人渣呢？这些大人，到底在做什么？大叔和小蔓明明就爱着彼此啊……她不懂，一点也不懂。那天，回家前，她独自在黑暗的楼道里坐了一会儿，将心中的郁闷发散到空气中，让黑暗吞没掉那不堪的画面后，才慢慢走上七楼，调整好自己的情绪，开了门，笑着说："妈，我回来了。"

7 / 小兔子在吗？

"刚才有个叫任东的男生打电话找过你，号码在这里。"妈妈递给林晓路一张纸条，有些意味深长地冲她笑着。

"是苏妍的朋友啦。"林晓路抓过纸条。为了避嫌当着妈妈的面就拨了回去。其实妈妈一点监视她的意思都没有，纯粹打趣林晓路。

"是任东吗？我是林晓路。"

"太好了，你打过来了！周六我们乐队在小酒馆演出，晚上八点开始，你来看看吧！"

为什么啊，这是林晓路脑子里的第一个念头，她不解地问："啊？"

"苏妍跟谢思遥都不在成都，都没有什么女嘉宾了，你一定要来啊！"任东说。

"可是……"虽然周六的补习到下午六点就结束了，但林晓路还是觉得去小酒馆是件跟自己没有什么关系的事。就好像叫猴子去旁听人大代表选举一样的不搭伽，再说猴子也不知道自己要穿什么才好。

任东一听这犹豫不决的口气就变得无比坚定了，说："别不耿直啊！就这么说定了，你七点过来我们领你进去，不用门票！"

"好……好吧。"林晓路只好同意。但又抱着一线生机地想，假如妈妈不同意的话就可以有正当的理由不去了。

于是兴高采烈地问妈妈明天晚上可不可以去小酒馆看摇滚乐队的演出。

这个高三学生的家长一听就会拒绝的行动计划，妈妈却爽快地说："去吧！"

林晓路想，这是什么家长！

隔天晚上七点在小酒馆门口，林晓路看到热情向她招手的任东。也看到任东旁边的女孩子露出以前跟谢思遥一样"怎么穿成这样"的神色。哎，确实。林晓路穿着一件草绿色的连帽休闲服、裤脚都磨出毛边了的老牛仔裤，还背着一个上学用的双肩包。

一到小酒馆和周围那些花枝招展个性十足的摇滚青年们一比，她的寒酸之气春意盎然。她想起郭潇悦对服装那种自信的态度，大方地走过去跟任东他们打招呼了。

是的，人跟人本来就是分成很多不同的种类。没有必要为自己的本色自卑。

乐队的成员今天都表情沉重，跟上次嬉笑打闹的场景完全不同。只有另外两个女孩在唧唧喳喳地问着他们关于乐队的各种事情。对很多女孩来说，乐队都是一件气派的事情吧。和不太熟的人坐在一起，林晓路又开始了理所当然的沉默，小心而缓慢地喝她面前那杯昂贵的柠檬水。

听着他们谈话，林晓路才知道这个乐队是高中时期成立的，任东是吉他手和队长，大家都在伤感着队员们渐渐四散了，有的考上外地的大学要离开了，也有的找了工作没时间玩乐队了，很难再聚在一起。似乎，这就是乐队的最后一次演出了。

快八点了依旧没有多少听众，来的人都在聊天喝酒，不像是冲着演出来的。任东很明白这一点，所以平静地喝干了杯子里的啤酒，说："大家高兴点吧。没有人就当自己玩好了。"

"不管怎么样，至少演好这一场吧。"大白说，他也站了起来，大家这才全都聚到台前，开始调试起器材。

林晓路第一次看清了小酒馆的舞台，这是一个三平方米左右被暗红色墙壁包围着的小空间，放上架子鼓后，就没有多少位置了。曾经因为前面挤满人而拥挤不堪的小舞台此刻显得空旷，但聚光灯照耀着他们的一瞬间，曲子奏响的瞬间，这些普通的男生忽然看起来是那么的不同。他们的身影在灯光中融合着强烈的节奏忽明忽暗。摆弄着乐器的男孩一瞬间就笼罩在迷人的光环里了。

鼓声和琴声淹没了主唱的声音，林晓路只能看清他们卖力演唱的表情。她只听懂了最后一首歌，好像是唱给一只小兔子的，是一首很缓慢的歌，只有任东单薄的吉他和他有些沙哑的声音流淌在小酒馆暗红色的空气里，听得人想哭。林晓路鼻子酸酸地打了两个喷嚏。

任东抚完最后一个音节的时候，小酒馆内一片寂静。好一会儿，同来的女孩才回过神来拼命地鼓掌带动了其他人稀稀拉拉的掌声，林晓路也卖力地鼓起掌来。

任东深深地对台下鞠了一躬。转身走下了台。演出结束之后，其他的人很快就离开了。任东一个人在聚光灯已熄灭的舞台上收着东西。黑暗吞噬着他周围的空间，还有那些跟乐队一起度过的时光。那场景，看起来很孤独。

"苏妍和你联系过吗？"林晓路凑过去问。

任东叹了一口气："上个星期打过电话给我。她说她没什么，不用担心。但我觉得不像过得高兴的样子。"

"为什么？"

"因为她一般只有不开心才会打电话给我。"他拉上了吉他袋子的拉链。

只有不开心才会打电话的朋友之间，一定有着旁人不理解的默契和相互信任吧。林晓路想。

她跟任东不算熟，但苏妍对林晓路讲过很多任东的事情，又对任东讲过很多林晓路的事情，所以他们俩之间的陌生感早就被消除了。

"苏妍跟王成在一起并不开心。"林晓路隐约觉得只有任东可以解救苏妍。她可能一辈子都改不了天真妄想的毛病了。

可任东的回答让林晓路很惊讶："那是她自己决定的，旁人没有资格干预。"

"她很难过啊，你怎么能放着她不管呢。"林晓路说。

这时候旁边不知是谁的手机铃声响起，是王菲的《守护天使》。

"天使是我，你或会未在乎，你或会未在乎，能够为你守护，置自己于不顾。"

任东听到这段歌词，忍不住皱了眉头。林晓路想，摇滚青年的特色之一大概就是愤世嫉俗。所以这样的歌会让他大皱眉头。

但任东却说："听听，写得多好的歌词。"任东说："但世界上总有人会拒绝被守护，所以那些想守护人的天使都贼孤独。只能抖搂着翅膀在旁边瞎扑腾。"他把如此唯美的一个场面描述成这样，林晓路忍不住笑了。

但任东在昏暗灯光下的表情很诚恳。小酒馆的照明设施总是不太好。不知道是不是因为人类在明亮的地方会因为害怕暴露而自我保护，在黑暗中，互相看不到表情，反而能轻松说出心里话。

"假如有一天我能保证苏妍在我身边能很幸福的话,我一定会去追她回来的。"任东说,"但现在,我连自己的未来都保证不了,更何况是苏妍的。"

林晓路被他的这段话给郁闷到了。露出被别人欠了几斤谷子的表情。

任东看她那个样子笑了,说:"你可真爱管别人的闲事。你放心吧。苏妍那么大个人,她知道自己在做什么。"

"我担心她这样下去,高考会受影响。"林晓路说了眼前这个非常现实的问题。

任东说:"放心吧,我会努力的。以后不会让她受苦的。"

他跟苏妍,初中开始就是同学。他们认识了已经有七年。对十八九岁的人来说,七年漫长得像一辈子了。

任东忘记自己是哪一年开始喜欢苏妍的,也忘记了为什么。这对他来说是件天经地义的事,无须刻意记得某年某月某天怦然心动的瞬间。

他来自一个相对贫寒的家庭。父母都下岗了,开着一家小吃店辛苦地维持营生。

从小就耳濡目染父母起早贪黑地做生意,跟各种人打交道,在日常生活里磕磕碰碰。父亲总是用朴实的行动保护着母亲,从来不多说什么废话。所以任东认为,感情无须表达,男生默默地保护女生就好了。

他也比同龄的人多一份成熟和脚踏实地。玩乐队的支出全靠自己平时打工,有时候也帮小商家做点技术性的音乐赚钱。

他那时还没有感觉到过家庭环境跟友谊有什么关系。

几年前,大家一起出去玩的时候,任东不以为然地将大家领到一家当时跟他家差不多的小吃店里吃东西。

大家表现出怎么会到这样的地方的情绪时,他也没有注意。

直到女孩子们嫌桌子脏凳子不干净,苏妍拿着卫生纸擦来擦去。男生则毫不掩饰不满地当着老板说这里怎么这么寒碜,你们的碗干净吗?菜是新鲜的吗?他才渐渐地感觉到难受,想掀翻桌子走人。

但他忍住了,只是平静地对大家说:"我家也是开小吃店的,跟这一家差不多,谁再抱怨就给我滚。"任东的坦然也是他可以成为老大的品质之一。于是没有人再抱怨,大家表情尴尬地吃完饭。

他明白父母的不易,并没为此觉得羞愧。

让他难受的是苏妍事后一直跟他道歉那愧疚的样子。更让他受不了的是,那之后大家再聚会,苏妍总是抢着付钱。

虽然这些年来由于父母苦心经营,经济状况已经逐渐好转,他却渐渐清楚了,他跟苏妍从一出生开始就在不同的阶级。人从一出生就分为三六九等了。觉得不公平抱怨命运是软弱的行为,想改变就只能靠自己。他清楚自己没有资格承担苏妍的现在。

他只能比同龄人更理智地将这份感情存放在心里。这几年,他也曾有过冲动告诉苏妍,请等他成为一个有担当的男人。

他们的心曾有一段时间靠得那么近,却为什么忽然又隔上了一道墙呢?是因为小芹的死吗?任东不知道。虽然苏妍跟王成的事情让他很难受,但他明白这一切最后都会结束。时间会把他们两个带到正确的地方。

因为他心里无比确定对苏妍的那份感情。确定得不需要证实,不需要回报。

他跟苏妍之间的感情有时候更像兄妹。他时刻无条件地关心她，这种关心甚至包括尊重她自己选择的不幸福。

他站在她的背后，看着她倔强地承受着悲伤，为她揪心。爱一个人要承担很多东西，包括因为尊重对方的自由而忍受的痛苦。当一个人对另外一个人的感情厚重到一定的程度时，这份感情就会变得坚实又宽容。

很久之后，林晓路拿到了任东送她的 CD 小样，里面有那首关于小兔子的慢歌。歌词是这样的：

小兔小兔你实在太年轻。
世界里对你来说很新奇，
彩虹太平常风雨才有趣。
小兔小兔我也实在年轻，
肩膀扛不起你要的未来，
未来长路会延续到哪里？
我也曾为你的悲伤揪心。
可我无能为力，无能为力。
小兔，能不能告诉我你依然相信，
眼泪洗过的世界还是一样美丽。
小兔，有一天我会告诉你，
眼泪洗过的世界还是一样美丽。

也许歌词有点俗气，但任东就是这样的朴实。

又过了很久很久之后，林晓路才知道，小芹过世的那一年，苏妍剪掉一头黑发，变成寸头。任东就开玩笑地叫她小秃子。

那时候两个人在QQ上聊天的时候，任东叫她："小兔子在吗？"

那是输入法里的第一个词。没心没肺的错误。那段时间苏妍就把QQ头像改成了小兔子。

不久后苏妍就长出了头发，并且QQ升级为太阳，她就把头像换成自己喜欢的图案了。他也再不这么叫她了。

七
那些我们不会懂的事

1 / 斜阳拉长的影子

红灯的时候一起被拦截在稀疏的几个人里,她却还是远远地和他保持五米的距离。

韩彻已经毕业了,很难再碰到他了。这个千载难逢的机会,要叫住他吗?有那么万分之一秒,林晓路鼓起勇气,却只从嗓子里发出一个微弱的声音:"韩……"

绿灯已经亮了,韩彻的身影又向前挪动了。前面就是"公园旁边"了。林晓路呼吸着稀薄的空气,下了一个决定,如果韩彻今天走进大叔的店里,那么今天,自己就要去跟他说话。

喧哗的街道上,林晓路只听得到自己心跳的声音,黄昏的金色光辉洒在韩彻的背影上,这段熟悉的街道,也忽然变得好长。如果,韩彻走进"公园旁边",她就深深吸一口气,假装若无其事地对他说:"嗨,你是韩彻吧?我是林晓路。"

韩彻在"公园旁边"停下来了。林晓路深深吸了一口气,发出了小小声的:"韩彻……"与此同时,一个爽朗而大声的"韩彻"完全盖过了林晓路的呼喊。

林晓路吓得弹到了停在门口的小货车背后。然后听到大叔说:"我正找你呢!"

林晓路悄悄探出头,看到大叔拿着那一盒航空母舰模型,拍掉上面的灰尘,递到韩彻手里,说:"送你了!"

韩彻低头说:"给我……谢谢,可是……"大叔拍拍他的肩膀,说:"打起精神来!你这个年龄,未来有无限可能!"

"是吗……"韩彻摸摸那个盒子,若有所思地说。然后将盒子放在自行车筐里,再次跟大叔道谢,骑上车走了。

不知为什么,林晓路忽然觉得松了口气……想推上自行车悄悄溜走的时候,大叔抱着一箱东西,绕到了小货车后,说:"哟!林晓路!"

2 / 一张旧报纸

想到那天傍晚看到的场景,林晓路真不想理大叔,推着自行车就往前走,绕过货车,才看到"公园旁边"的招牌上贴了大大的"出售"两个字,家具和很多东西都摆在门口。

"怎么啦？谁又欠你谷子啦？"大叔凑过来问。假如林晓路再成熟一点儿，她就会明白每个人都有自己的私生活，是朋友就不要干涉。可她就是一个死心眼儿的傻丫头，对自己喜欢的朋友坚持一种无厘头的心理洁癖。

所以，她用胡旭欠了她好多谷子的语气，严厉地说："你背着小蔓姐乱搞男女关系。"

大叔愣了一下，尴尬地笑了笑，若无其事地说："你看到了。"

她低头说："明明你就那么喜欢张小蔓，为什么还要这样……"

大叔用哭笑不得的表情认真地看了林晓路一会儿，叹了口气说："我像你这么大的时候，比你更痛恨一切不纯粹的东西，但爱情根本不是纯粹的东西……很难解释。只能说，我跟张小蔓，最后是走不到一起的。"

"你们在一起明明很快乐，为什么不能努力一下呢？"林晓路问。

"我们已经分分合合七八年了，你以为我们没有努力过吗？"胡旭一边整理着东西，一边说。

"可是你们相爱啊……"林晓路的眼圈都有点红了。

"你以为相爱就能解决一切问题吗？对价值观不同的两个人来说，相爱只是一切问题的开始。"胡旭跟张小蔓折腾这么多年，早已明白了这个道理，"谢谢你为我们操心，我也很高兴世界上还有你这么单纯的家伙还相信爱情，可对我和小蔓来说，爱情是世界上最不靠谱的东西。"

"既然这样，你们为什么不干脆地分手，去寻找各自真正的幸福呢？"林晓路问。她想起郭潇悦借给她的《庄子》说："不能相濡以沫，就相忘于江湖吧。"

胡旭苦笑着说："可有时候真的既不能相濡以沫，也无法相忘于江湖该怎么办？丫头啊，世界比你想象的复杂很多，现实里的一切并不是像小说电影里那么美好，我们，也不是像漫画里那么完美的人。我们都有自己的问题。"

假如不能相濡以沫，也不能相忘于江湖要怎么办呢？

林晓路不能回答这个问题。庄子毕竟生在没有手机没有网络通讯极不发达的古代。在我们的时代，一个人要完全失去另一个人的信息，游入无边无际的人海，只将对方留在念想里，实在不容易。

大叔点燃一根烟，继续说："张小蔓那样的人，是不会甘心跟我过的。你看，我就这么一个破店，赚的钱只够自己生活，赚了点钱就往外跑到处玩。她很现实，很清楚我满足不了她。而我，多年前就明白，自己无法成为她期望中的人。所以我们各过各的生活……你以为我们的爱情很完美，只是因为我们从来都不考虑现实问题而已……你不懂的。"

你不懂的。大叔这样说着，然后吐出一片烟雾。

"那，我走了。"既然我不懂，我还在这儿干什么。林晓路咬着嘴唇，准备离开。大叔拉住了她的车龙头，说："丫头，我有东西给你。"然后进了屋，拿出一本厚厚的书，是林晓路一直想要悄悄盗走的那本《安东尼·高迪》。

林晓路接过那本沉甸甸的书，不敢相信爱书如命的大叔居然要把这本书送给她，惊讶地问："真的吗？"

"我要离开这个城市了，也没办法带走那么多东西，你就拿着吧。"大叔轻描淡写地说，不想林晓路觉得这礼物太重。

拿着自己一直渴望拥有的书，林晓路鼻子酸酸的，不知是因为这份礼物而感动，还是因为大叔要走了。

"你会去上海吗？"林晓路问。张小蔓在上海。如果大叔去上海，那也是一件值得开心的事吧。

大叔只是摇摇头，继续搬起一箱子东西，说："我去北京，和朋友合开模型店。"

林晓路的心忽然产生了一种失重的感觉，就算有时候自己在心里和大叔闹着别扭，但他是这个城市里她交到的第一个朋友。走在玉林小区，只要看到"公园旁边"开着门，她就会觉得安心。现在，他要离开了，不是去恋人的身边而是孤身一人去另一个城市。

就在这时候，大叔手上的纸箱子也许是因为年代久远，东西又很重，哗啦一声箱底破裂零七八碎的东西掉了一地。

大叔慌乱地去捡，却被一个花瓶绊倒，然后碰翻了一堆书，书塌方的时候，撞倒了一个衣架，衣架准确无误地打中了大叔的头。

林晓路呆呆地看着大叔在十秒钟内将一切搞得尘土飞扬，倒在一堆杂物里狼狈不堪，心情忽然好了很多，幸灾乐祸地笑了起来。

"傻站着干什么！快帮帮我！"大叔痛得龇牙咧嘴，眼角还闪着一颗晶莹的泪，"这下得起个大青包啊！"说完他自己也笑了。

林晓路赶忙过去帮他把衣架扶起来，又捡起那堆倒塌后散落一地的书。其中一本里面掉出一张报纸，落到了地上，朝上的那一面，印着让她惊讶的东西。这是一张法文的报纸，已经发黄了，彩色的头版上印着看起来年轻很多的小蔓和大叔，小蔓正对着镜头落落大方地微笑，长头发扎马尾的大叔似乎正在对着她大吵大闹。

大叔凑过来，看着这张报纸感慨地说："没想到它还在！"

林晓路的好奇心上来了，问："你们两个怎么会在外语报纸上呀！是什么新闻啊？"

大叔抖抖报纸上的灰尘，说："这是我和小蔓在巴黎留学期间的事。"林晓路隐约记得一次大叔和小蔓聊天的时候说到"巴黎"这个词，小蔓就生气地走开了，大叔也一脸不高兴。

可此刻，大叔的回忆似乎开始从那张报纸中生长出来了，无论如何，那都是他生命中最值得怀念的一段时光，林晓路轻轻一问，大叔就带着他那改不了的东拉西扯个性开始讲述了。

特别篇：大叔与小蔓闪亮的日子

"八年前，在尼泊尔，尽管张小蔓是个忘恩负义的家伙，充满了正义感的我，还是不放心这小姑娘一个人乱窜，锲而不舍地跟着她！保护她的安全！"大叔边说边取下墙壁上的佛头，将它严严实实地包裹起来，放入一个结实的收纳箱里。

"明明就是你穷追不舍吧！"林晓路想起当年的大叔，可是留着大胡子的一副坏人模样，一个小姑娘被这样的人一直跟着，得落下多深的心理阴影啊。

"NO NO NO！"大叔晃动着食指，得意地说，"我刮去大胡子，露出我玉树临风的本来面目，外貌协会的张小蔓立刻拜倒在我英俊的面容下，果断地跟我求交往……助人为乐的我，自然答应了她的请求！"

林晓路扑哧笑了，想到要是小蔓姐在这儿，一定又会对他发动猫抓攻击了。她忽然觉得这一刻很熟悉，很久以前，也是她在这里一边打扫着卫生，一边听大叔讲故事，现在，虽然小蔓姐缺席了，却依然，强烈地存在在大叔的记忆里。无论如何，无论他们爱情的真相是什么，和他们相处的时光，总是那么快乐。

林晓路意识到，以后再不会有这样的时光了。她不再说话了，只是安静地将大叔珍贵的藏书一本本地递给他，看他一边将它们装进泡沫袋子里严严实实地包好，一边将埋于心中的记忆扯出来。

"我和张小蔓交往之后，才发现，我跟她真是臭味相投！除了都学艺术专业，喜欢的书，爱看的电影，和听的音乐都很相似！当时爱得死去活来，小蔓决定要去法国留学的时候，我也一拍大腿，和她一起去了。"

"我们一边打工一边读研。那时候很穷，为了省钱住在蒙马特区一个破旧的小阁楼里，买超市快过期的打折蔬菜煮面吃，唯一的娱乐活动就是去看博物馆：奥赛、卢浮宫、柑橘园、罗丹美术馆……小时候只能在很糟的印刷品上看到的画作，能看到真迹让我们欣喜若狂，怎么也看不够。常在博物馆的售票处摸出全身所有的硬币凑在一起买门票，柑橘园的守门员都管我们叫'硬币情侣'，有时还悄悄放我们进去。"

"那是我最快乐的一段时光……蔬菜煮面让我们物质生活丰富，美术馆让我们精神生活充裕，小破阁楼窗口的风光挺美，还有小蔓在身边，我也每天都快乐地画画，一切就跟天堂似的！我以为我和小蔓是相似的人，自然理所当然地认为她对这样的日子也满意开心。"

"渐渐我才发现，那对张小蔓来说是段一点儿也不快乐的日子，她发愁很多事儿——不愿意让同学知道我们住在那么破的地方，没有钱去参加社交活动，唯一一双体面的高跟鞋快穿破了等等。那时，我一点儿不懂这些事为什么让她烦恼。"

大叔说到这里停顿了一下，他眼前似乎又看到了那年冬天，塞纳河畔浅黄色的建筑群在灰蒙蒙的天空下，树木只剩下枯萎的黑色树枝，小蔓穿着她自己做的黑色套装，慢慢地走在他前面，看着左岸的风景，她的脸在他眼睛里，照亮这阴冷冬天明媚的光。这些年，他总是记得那一刻，小蔓转过头说："总有一天，我不会再为了钱发愁，有换不完的鞋子不重样儿的衣服，住在气派的大房子里，艺术圈儿的每个人都知道我的名字。"大叔知道，他们就是在那一刻，走向分裂的。

"她是个十分积极的行动派，很快就认识了不少巴黎艺术圈儿里的人，带着自己的作品四处推荐给画廊。可她的作品并不成熟，想法太多，顾虑太多，总在想着怎么才能让作品讨人喜欢，最后变成一堆软绵绵的东西，毫无魄力。可她毕竟是那么漂亮一个小姑娘，又会来事儿，有个艺术商人对她喜欢得不行。总肉麻兮兮地管她叫漂亮宝贝儿，每次见面就用他的灰胡子在她脸上蹭来蹭去，她也不嫌扎！"

林晓路不满意地说："大叔你怎么能在小蔓背后说她坏话？"大叔不屑地说："这些话当着她我也说过！而且说得比这难听多了！可奇怪的是，艺术商人却对我的作品很有兴趣。也许我根本就不在乎他们喜欢不喜欢，由着自己的性子画，所以反而有意思吧。"

"我卖了两张画儿给小蔓买了漂亮的衣服和鞋子，以为就万事大吉了。没想到张小蔓却觉得这只是开始，为我们规划了一个宏大长远的未来。说我应该和她一起去混艺术圈儿，像历史上那些有名的艺术家情侣那样，一起创作出充满话题性的作品。她拿着新衣服开心地说,我和她可以像列侬和洋子,罗丹和卡米尔,或像佛里达和迭戈那样!我说别咒我们自己了行么!他们没有一对有好结局!"

"我义正词严地告诉张小蔓,我厌恶艺术圈的一切!更看不惯那些扯淡的'艺术家'。总之就是横下一条心,不走那条路,开开心心地住破阁楼,吃蔬菜面,逛博物馆,画我喜欢画的东西。小蔓看我心意已决,也不再说什么。开始忙她自己的事情了。"

"一天我回到家,觉得房间里整齐了很多,床上还摆着一套西装,还有张小蔓留的字条,让我穿上这套西装,下午两点会有出租车来接我!我心里可慌了!想……这小妞儿难道发现我悄悄买的求婚戒指了!所以打算跟我结婚?这人这么积极要嫁给我……我未必还想要呢!但人家西装都送来了也不好意思不去啊对吧。于是我用身上所有的钱,买了一束五十欧的玫瑰花,还对着镜子演练了一个多小时的求婚。"

原来,大叔曾经真的想过要和小蔓姐结婚。林晓路感动地想,脑子里出现了大叔一个人在家傻乎乎地演练着求婚的场景。他们从那时开始,不就应该幸福地生活在一起直到现在吗?

大叔继续重复着包裹书籍的动作,头低了下去,那时的一个个画面,渐渐清晰地出现在他眼前。

他还记得自己当时多么激动,流着眼泪对根本听不懂他说啥的司机说自己心爱的女人就要嫁给他了。那时他多么爱小蔓,却又多么不了解她啊。他以为那一天是他生命中最幸福的一天。虽然只有在他走下出租车前,对将要发生的一切一无所知的片刻。但他是对的，确实，此后的人生中，他再未觉得那么幸福过。

那一刻，小蔓正站在一座老式建筑的门口，穿着一件崭新的白色小礼服，她的头发修过了，化着恰到好处的妆，在人群中，是那么耀眼美丽。"这个人，就是我媳妇了。"那一刻，他的心，幸福得都要融化了。

他红着脸，走过去，将玫瑰花交到小蔓手里，小蔓露出了有点纳闷的表情，他还没来得及说话小蔓已将他的玫瑰花递给了站在旁边的人。那个服务生打扮的人接过去，那束他生平第一次买给小蔓的玫瑰花，被放到了一个堆满花束的桌子上，没放稳，掉到了地上。

"走进那座建筑，我才明白家里为什么变干净了。我的画，都在那儿挂着呢。"大叔没有告诉林晓路，他第一次见到那个总是把灰色的胡子往小蔓脸上蹭的法国人，那个虽然年过五十却英俊挺拔的画商时，就已有了不好的感觉。而在那场悄悄策划的画展上，他和小蔓看起来很亲密，手正肆无忌惮地放在小蔓的腰上，而小蔓满心欢喜地感激着他筹办的一切。一向能说会道的大叔说到这里变得磕磕巴巴起来，删除掉了一些不堪回首的细节后，他只是说："原来这些日子，小蔓一直在和……咳……和别人悄悄策划这个展览。那时，咳，我早就告诉过她，不要这么做。我不想到这个圈子里混。她却出人意料地将我逼到那个境地，我还像个傻逼一样地练习着跟她求婚呢。"

"我质问她怎么能这样，她却叫我要看着镜头笑！一道闪光闪花了我的眼睛，拍下了报纸上的这张照片。但我整个人就爆发了！大骂了一句世界通用的带F的词儿！冲上去就把墙上最大的一张画扯下来，砸了个稀巴烂！然后我就被保安从画廊里扔出去了。"大叔说到这儿还觉得愤愤不平呢，"你说这多荒唐！这是我的画展！万恶的张小蔓和资本家同流合污！不经过我允许就给展出了！还把我赶走！"大叔说话还是那么夸张，直接就上升到阶级矛盾了。

　　林晓路在脑海中补完了那个场景：优雅而安静的画廊里，大叔愤怒得周围的空间都扭曲了。他大叫道："F……"周围的一切变成了慢动作，激昂的歌剧音乐，掩盖了他的声音，大叔取下自己的画，朝地上砸去……愤怒的红色黄色蓝色，从碎片中飞溅了出来，在国际友人们惊讶的面孔前飞舞着。

　　"真棒啊！"林晓路不顾大叔的愤愤不平，陶醉在自己幻想出的那个画面里了。大叔露出了"你这人真没同情心"的委屈表情，然后继续往下说："被扔出去之后，我自己一个人走在塞纳河边，吹着小风儿，喝着小酒。走累了坐下休息，发怒真是很消耗体力的事情，我竟然睡着了。梦中，我对自己没风度的行为感到了羞愧。我梦见张小蔓哭着对我说她筹办这个画展多么辛苦，她是多么用心良苦地为我好……说着说着开始拿指头戳我，边戳边骂我没良心，把我给痛醒了，才发现是个海鸥在啄我的头！不知哪个熊孩子把面包屑撒了我一身！"

　　大叔的回忆中居然出现了帮助大叔领悟人生的动物角色，林晓路对这个故事越来越满意了。但大叔说到这里，像很累了似的，声音变小了："醒来后，我决定去跟小蔓道歉。走回那个老建筑改建的画廊，人已经散了。被我砸得画框断裂的画，居然又被挂了回去，而且还贴上了代表着已经被购买的红色小标签。我所有的画，在一个下午售空了。"

　　有些事，他不愿意告诉林晓路，说了她也不会懂。

　　那时候，他推开门，画廊的灯已经熄灭。他先听到一个声音说："我的漂亮宝贝儿，别再难过了。"

然后又听到小蔓的声音说:"不管怎么样,我们成功了。"

他忽然很心疼自己让小蔓难过,他想冲过去,抱住小蔓,跟她说对不起。他顺着那声音的方向,走过走廊……其实,有好多年,他都希望自己没有看到那一幕——那扇虚掩的门里,张小蔓的脸正黏在灰色的胡子上。灰胡子一边热吻着他心爱的女人,一边关上了门。

大叔点起一支烟,抽了好几口,将这段没有告诉林晓路的事,吐在了空气里。然后若无其事地咳嗽了几声,说:"咳……但小蔓不在那里。后来我才知道,因为我大闹会场,在场的艺术评论家都惊讶了,他们好久没见过这么刺激的'艺术行为'了。寻找新鲜感的艺术商人像苍蝇闻到屎一样飞来,一下午就将我的画抢购一空。"

林晓路赞叹道:"居然把自己的作品比喻成屎……"

大叔的眼前烟雾缭绕,看不清表情,他说:"然后,我就和小蔓分了手,搬到朋友家去住。在朋友家住的时间,他一直在给我讲手办的事情,我忽然觉得手办比艺术靠谱多了,高端的手办,是要投入很多精神和心血的,而且设计师付出的努力,都是实实在在可以看得见的。于是我就回国了。用卖画的钱开了这个模型店。"

林晓路在大叔不完整的故事中,还是没听明白他和小蔓分手的真正原因,她想追问,但一抬头,看到大叔的眼睛里,充满了蓝色的迷雾,他的神思,好像已经飘得很远了。她不忍心再刺伤他了。

多年来,只要想起黄昏的画廊里门合上之前的那一幕,他的心就会痛得像被重重锤了一拳。

他生日的那天,小蔓从上海飞来看望他,然后在他的床上疲惫地睡去。

他看着她呼吸起伏的脸，仿佛又回到了多年前蒙马特区的破旧阁楼里，心中充满了他们热恋时还未遭受挫折的爱意。他将她吻醒，跟她求婚。她像个少女一样红着脸答应了。然后他开始满屋子寻找那枚多年前准备向她求婚的戒指，他记得一直放在衣柜下面的抽屉里。可他怎么也找不到。

小蔓呆呆地坐在床上，看着他发疯似地翻箱倒柜，她酒醒了，哭了，说："别找了，我想要的那些，无法改变，你坚持的，也不会改变，我们不是一路人。胡旭。"

胡旭颓然地靠床坐下，猛然想起，在某次和她大吵之后，她撂下了一句"我们不是一路人"就走了。那天他喝了很多酒，把那枚戒指从窗户里丢了出去。

在他开始哭的时候，张小蔓低头吻了他。然后他们在混乱不堪的屋子里，一起哭，哭累了，抱在一起睡着了。那一天，他们终于相信，不用再挣扎着靠近了，他们之间没有未来，只有回忆。

"你能忘了我吗？"胡旭曾问过小蔓很多很多次。小蔓只是回答："也许能，但我不想。"两个人一起走过的那些路，流过的眼泪，分享的快乐，还有身体靠在一起的温度，不能忘记，不想忘记。却又不能安心地留在维持现状的小水洼里，舍弃了广阔的自由天地，只剩下爱情。

"如果我们之间只剩下爱情，爱情就狗屁不值了。"张小蔓曾经说过。这七八年来来回回的折腾，胡旭终于懂了。

大叔被他自己抽的烟呛得直打喷嚏，用手抹了抹眼睛，走到了门口。过了一根烟的功夫才回来，说："终于收拾完了。"

林晓路转头看着空荡荡的房间，这里忽然变得很陌生。大叔将卷帘门拉上，把最后一包书放进货车里。对林晓路说："丫头！我要走了。"

没有了大叔，这里将不再是她喜欢的"公园旁边"了。很快就会有陌生人将这里占领，用陌生的家具填满这个房间，她不再关心的故事将在这里上演。林晓路咬着嘴唇，眼睛红了。

"你怎么还是这副别人欠了你谷子的表情啊。不是跟你说了小姑娘要多笑笑才好吗！"大叔走过来，使劲地揉了揉林晓路的头，然后一拍她的肩膀笑着说，"什么时候，还会再见面的，对吧！"什么时候，还会再见面的，多轻松的一句话啊。也许大叔这样的人，早就习惯了别人从他的生命里离开，和离开其他人的生命。

可是，你是这个城市里，我的第一个朋友啊。

那一天，林晓路是怎么跟大叔告别的她记不清了。

似乎是，最后，她对大叔点点头说："希望你能过得快乐。"

又似乎是，她说了再见，骑上自行车，扭头说："我很喜欢你们，所以希望你和小蔓都能过得快乐。"

或者，她最后只是对大叔说了一句："我喜欢你。所以你要过得快乐。"

但就林晓路的个性来说，更大的可能是，她什么都没有说，除了轻轻的一句"再见"。她忍住眼泪，直到大叔的车开走才夺眶而出。

林晓路只记得那天，她在那条长长的街道上，挥着手，一直挥着手，直到大叔的那辆白色的小货车，融化进黑漆漆的夜色里。

八
苦的东西只有苦瓜而已

1 / 黑西装墨镜男

锅里的水沸腾了,林晓路正准备拆开方便面丢进去的时候,电话响了。

"猜猜我在哪儿?"是苏妍小声说话的声音。

林晓路依然是那个回答:"巴塞罗那?"

"我在你家楼下!"苏妍说。

林晓路转头看了一眼家里还算干净,对苏妍说:"快上来玩吧,我妈出差去啦,还没回来。"

"那你快下来吧,跟我吃饭去!"苏妍说。

林晓路看了一下那包方便面,觉得也没什么好留恋,便愉快地答应了。关火下了楼。苏妍打扮得很奇怪,穿着一身黑色的风衣,还戴着墨镜。她靠着一辆气派的黑色轿车,站在小区门口跟林晓路挥手。车门打开了,一个穿黑西装戴着墨镜的中年男人，从车里走出来，很正式地伸出手，跟林晓路握了握："林晓路同学，你好。"

啥？林晓路不解地后退了两步。差点以为他会掏出手枪对自己说："我和苏妍是中情局的，跟我们走一趟！"

苏妍说："爸！你能不能别吓唬我朋友。"又转头对林晓路说，"我爸说要感谢你，请你吃饭。"啥？为什么要感谢我？先生你认错人了吧。

林晓路莫名其妙地就跟苏妍上了车，坐在后座里，扣上安全带，后悔自己没老实地留在家里吃方便面。

车上，苏妍爸爸取下墨镜，林晓路看出他和苏妍眉眼之间是有几分相似。苏妍没取下墨镜，她说北京天气干燥，眼睛过敏了。

苏妍爸爸一边开车一边说："苏妍上学期成绩进步很大，她说都是因为你带领她进步呢。谢谢你，林晓路同学！"

原来是这个事啊。林晓路害羞地笑了，傻笑着说："也没有啦……"

"虽然苏妍后来还是准备不参加……"

"我想好了！带我们去吃西餐吧！"苏妍打断了她爸爸的话，着急地说。林晓路想她应该是很饿了。

一份贵得吓死林晓路的牛排滋滋冒着热气摆在林晓路面前，西餐厅里安静得只听得到刀叉碰撞的声音。林晓路坐立不安，为了分散自己的注意力，她虚起眼睛，开始假装自己被中情局的黑西装男人逮捕，抓到了国外，此刻如果她不能正确地使用刀叉，就会被关到地牢里去。

一紧张她就把叉子掉到了地上，发出咣当一声。优雅的服务员立刻飘过来递上一把新的。完蛋了！就在这时，黑西装男人的电话响了。接完电话回来后，他站起来对苏妍和林晓路抱歉，说公司里发生了一点状况，必须要赶去处理。把一叠钱塞到苏妍手里，叫她好好招待林晓路，就疾风般地离开了。林晓路在心里深深感激打电话来的人。

他刚一走，林晓路就摊在桌子上说："紧张死我了！"苏妍笑了，说："没想到请你吃个西餐弄得你这么难受！"

"你爸爸是中情局的吗？"林晓路心里有几分认真地问着。苏妍早就习惯了林晓路的不着边际，故作严肃地皱着眉头说："是呢！"

"所以才让你一个人住吗？"林晓路顺着苏妍的话，开起了玩笑。

苏妍低下头叹了口气，取下了墨镜，露出了哭得红肿的眼睛，慢慢地说："昨天，是我的生日。"

2 / 苏妍的生日故事

苏妍最讨厌的日子，就是自己的生日。

很小的时候，她对生日还是像一个普通的小女孩那样欢欣雀跃地期待着。五岁生日的早晨，她早上五六点就兴奋地起来了，幻想着自己会有一个多么开心又完美的生日。

她还记得自己走进客厅的时候，看到妈妈正坐在几个酒瓶子里，斜在沙发上。那时的她并不知道，妈妈一夜未眠，在等爸爸回家。而爸爸昨天晚上，不知在哪个情人家里度过。那时的她也不知道，爸爸会娶妈妈，只是因为意外有了她。

207

她开心地走过去，抓着妈妈的手，说："我的生日到了呢！爸爸起来了吗？"那一天，醉酒的妈妈回想了一夜自己为了这个孩子，勉强嫁给了并不那么爱她的男人，浪费的年华蹉跎的青春，她曾天真以为有了孩子一切会不同，可五年了，他一点也没有变。她捧着苏妍的脸，轻轻对她说：

"苏妍，告诉你一个秘密。我希望自己从未生下你。"

那一刻，初升的太阳将它的光线刺进了苏妍的眼睛，妈妈逆光中的脸模糊一片，看不清表情。

她十六岁生日时，爸爸送她的礼物是现在住的那个公寓。他说已经按她喜欢的样子装修好了。这份礼物也许对很多人来说都是梦寐以求的，可钥匙摆在她面前的时候，苏妍的心凉了。爸爸以前甩掉纠缠不休的女朋友时，也带着那女人去了一个高级餐厅，点一桌子两个人根本吃不完的饭菜，送给她一套房子。

"这样爸爸就能放心地丢下我不管了吗？"苏妍质问他。

他只是说："你别身在福中不知福啦。"然后接了电话就去开会了。留下她一个人在那里面对着一桌子的饭菜。

那一天，她觉得自己被爸爸抛弃了。用打发难缠前女友的方式，将自己打发了。

她忽然觉得眼睛好痛，像多年前刺眼光线的碎片还留在她的眼睛里。

昨天，是她十八岁的生日。

很早以前，苏妍曾经问王成一个问题，假如我走了，你会为我难过吗？王成轻蔑地笑了，他看着苏妍的眼睛说，我不会为任何人难过的。我对恋爱这样的事情没兴趣。

这句话曾经让苏妍有些安心，没有兴趣，意味着王成的心空白着，她天真地以为只要突破层层防线，或许可以进去。所以，这段感情中曾有过诸多的不堪——打扫的时候发现其他女生的内衣，他好几天的失踪不接电话，甚至……甚至是，某个早晨她买了早餐去看他，清楚地看到他床上有别的女人——都没让她死心。

昨天，王成说陪她过生日。苏妍跟王成在拥挤的地铁里，不说话。在公共场合里，王成总是对很她冷漠。忽然有一个女人叫了一声："王成，怎么是你！"他们两个一起诧异地抬头，看到隔着一个人的脑袋后面，是一张谢思遥的脸，一张成熟了的谢思遥的脸。

虽然这张脸写上了一点年龄跟生活赋予她的倦意，却清楚地长着谢思遥那双标致的杏仁眼，小巧的鼻子嘴巴，皮肤也是小麦色的，这个女人，跟谢思遥真的好像。

"你还在坚持漫画吗？现在过得好吗？"她的语气是那样温暖，像面对久不见面的至亲般无须掩饰的亲昵。

苏妍抬头看着王成的脸，那表情是她从来没见到过的。王成没有回答那个女人的话，只是紧紧地咬着嘴唇。

下一站到了，他们没有到目的地，王成却挤过人群，擦过那女人的肩膀，下了车。头也不回地向前走。

苏妍回头，在车门关上的瞬间，看到了那个女人用无奈的温柔目光注视着王成的背影，苦笑。一生的感情都凝聚在深不见底的温柔目光里。还没走出地铁口，王成忽然蹲在路边双手抱着头，哭到肩膀都抽动起来。

苏妍从来没有见过王成哭，就算之前谈起谢思遥，王成对她的恋情无法实现，他也最多只是愤怒而已。无须去问任何问题，这样的偶遇，苏妍已经明白：王成深爱着这个女人。

每个人都曾经年轻过，而每个人的第一次爱情，都注定了要刻下很深的痕迹在心里。这个女人长得像谢思遥绝不是个巧合。王成的过去写着苏妍没读到的过往。

苏妍忽然感觉到了前所未有的强烈的嫉妒，这种嫉妒带来的并不是愤怒，而是被撕裂了一般的疼痛。骄傲又自得的王成，也不能免俗地为了别人痛哭失声。

那一刻她才知道，自己一点都不了解王成。而自己，在这份爱情里，是那么孤独。但爱一个人本来就是孤独的事情，人生下来就是单独的个体，即使说着同样的语言，也未必可以相互理解。

因为人心太难理解，所以只好拥抱彼此的身体。以为那些温柔暧昧的体温是来自心的温度。在那一个又一个的瞬间以为彼此相爱。她终于明白，其实那和爱没有关系。不是付出体温就可以收获爱情。

那天晚上，她哭着打电话告诉爸爸，她再也承受不了在北京学业上的压力了，她要回家。爸爸便给她订了隔天的机票。到机场接了她。从机场出来，她想去见见自己的朋友。她很想见林晓路，因为林晓路会是唯一不会跟她说"我早告诉你了会这样"的人。

林晓路听苏妍讲完这些，想起大叔送给她的小佛头，想起曾经为了知道查它下面刻的那排字的意思徒劳无功地翻了一些关于佛经的书。其实她还不太看得懂，只是隐约了解，书里的意思大概是人就要不断地承受各种痛苦的。爱也是苦的一种。她把这段话讲给了苏妍听。

"今年，我决定不参加高考了。我想安静地待一段时间，或者去旅行，想去很远的地方。过去的一年多，我太放任自己的感情了，现在错过的东西已经太多太多，已经来不及了，我等明年吧。"苏妍说。

林晓路想起，自己陪苏妍逛书店，那些复习资料还堆在她家里，苏妍承诺过自己会好好复习，而现在，她却要不管不顾地离开。林晓路有些着急了："苏妍。不要因为感情的挫折就放纵自己逃避现实啊！"

"等我回来的时候，我再重新开始努力吧。"苏妍说。

毕竟，苏妍是个富家子女，对她来说，高考并不是改变命运的唯一途径。苏妍能有很多办法去读书，也可以跟谢思遥一样去留学，自己操什么心啊。林晓路放下叉子，生气地说："随便你啦。"

"谢谢你。"苏妍真心地说。她的爸爸见她心情不好就带她去吃高级餐厅，她放弃高考也没多说什么。反而是林晓路，对她说了很多安慰的话，甚至因为她任性的行为而生气。想到这里，她又想哭了。于是她戴上了墨镜，说："我好累，我们早点回去吧。"

出租车先送林晓路回家，回去的路上她们沉默不语。林晓路的思绪飞到诊断考试时自己曾带着佛头当护身符去参加考试。郭潇悦拿起来，看到佛头底部那段字，好奇地问："这写的什么啊？"

林晓路就瞎掰说："人生充满苦难。"

郭潇悦有些诧异地偏着头，说："是因为大家天天都吃苦瓜吗？"

那段时间自己还跟郭潇悦曾经讨论过身边的朋友谁让自己崇拜。林晓路说她很崇拜苏妍。苏妍漂亮，有那么丰富的人生经历，又爱得勇敢，有那么多朋友，能看透感情的无常，体会过爱的美丽与哀愁，她很成熟。

郭潇悦只是不屑地耸了耸肩膀："如果那就算成熟的话，我觉得晚熟也是件幸福的事。"

是啊，那时的她们还没成熟。关心着课本上的东西是不是记熟，关心着高考的题型是不是会做。关心着漫画连载里人物的命运，挂念着心里默默暗恋的男生，从自己羞涩的世界里开始向外延展，刚刚开始怀疑这个世界上看起来貌似善良的一切。不成熟的世界多么的简单。苦的东西只有苦瓜而已。

下车后，林晓路十分认真地从车窗外对苏妍说："等有一天你走了很远之后再回头，会发现现在打败你的情绪是些微不足道的事情。可有些东西，错过了你会后悔的。"

车里黑黑的，看不清苏妍的表情，只听到她轻轻地说："嗯。"

出租车司机不耐烦地说了句："我还要交班呢！"便一踩油门，掉头载着苏妍朝另一个方向开去。

3 / 藕片与前途

艺术考试放榜的那天，全班同学都沉浸在喜悦里，大家的艺术考试都取得了很好的成绩。陈老师恭喜了大家之后，拿出了惨不忍睹的诊断考试成绩单，说："高三的最后拼搏时间到啦，今年的你们很幸运，高考要明年才提前到六月，所以你们多一个月可以做垂死挣扎！请好好把握这段时间吧！"

林晓路投入了有生以来最繁忙充实的一段生活。她固执地觉得只要她能考上美术学院，那么这个世界上属于她的一切幻想就能渐渐实现。林晓路跟郭潇悦每天都定好晚上回去的复习计划。隔天相互询问。

郭潇悦有时会沮丧地说："昨天晚上没熬住不知不觉又睡着了。"

林晓路想这样可不行！于是帮郭潇悦制作了一张考前复习进度表。上面有五十七个格子。写着考试之前的五十七天的日期，每天完成了当天的事情，就在上面画一个钩。

在那张表格的周围林晓路又写了好多鼓励努力加油奋斗之类的话，将这张华丽丽的考前进度表给了郭潇悦。她满心欢喜地拿回去贴在了墙壁上，第二天告诉林晓路："我爸说，上面有三个错别字。"

高考一个错别字扣一分，全部找出来每个罚写五次！

林晓路渐渐发现，原来自己是个有毅力的人。自己的表格上每一天都画完了钩才安心地睡去假如你知道某件事情对你自己来说的重要程度，就不需要别人的监督，自己完成的每一步都会踏实而且有成就感。

那段时间，林晓路每天只睡五六个小时，却亢奋地顶着黑眼圈做最后冲刺。她的精神支柱就是《墨水点白皮书》，累的时候就翻一翻。她会在想象中的巴塞罗那街道上畅游个五分钟，或幻想一下自己未来和韩彻相遇的不同场景——走进同一个咖啡店偶遇，在路口不小心撞到他，或者若无其事地走上去问路……想着想着，就傻笑起来。精神一振，晃晃脑袋又回到题海里。

林晓路和郭潇悦的行动路线，现在只在学校、补习班、家里来回移动着。每次去补习班都要经过成都最好的高中，表姐曾经读书的地方。这隔着铁栏杆，林晓路总是忍不住要在那些穿着蓝白校服的学生里，找寻表姐的身影。

可表姐已经不在这里了，她在去年高考成绩放榜后，变做一只白色的蝴蝶，从十五楼的窗户飞了出去。每次经过这里，想起还在疗养院的姨妈，林晓路总是很伤感。

可同行的郭潇悦感兴趣的只有门口的烧烤，丝毫没有注意到林晓路走到这里就变得阴郁的情绪。

这座学校门口，常能听到家长对初中小学的孩子说这类话："你要努力学习，考上了这所高中，相当于一只脚已经跨进了清华北大，这样就前途光明啦！"

烧烤摊的老板胖大妈，一次还被路过的不懂礼貌的家长指着教育孩子说："要是不好好学习以后就只好卖烧烤！跟她一样！"

林晓路听到了，气得恶狠狠地瞪着那个家长，想对她说："你以为好好学习一切就会好吗？！你以为考上重点中学人生就没问题了吗？"可她还没来得及说话，烧烤大妈已经轻蔑地笑着用四川话回了过去："卖烧烤咋子了嘛？像你，愣个没得素质，连起码的尊重劳动人民都不晓得。教出来的娃儿也只晓得读书考试，滴滴儿社会能力都莫得，长大说不定连卖烧烤的都不如。不懂做人，成绩再好顶屁用！"

那家长羞得面红耳赤，只好拉着对烧烤摊流口水的小孩离开。郭潇悦从此热爱上这位江湖大妈的烧烤，只要路过必照顾她生意。

林晓路有时候会想，也许这个高中该请大妈去做一下那些考试压力过大的同学的心理辅导——只要尽力了，考砸了就考砸了，轻松应对嘛，犯不着自杀！好好做人好好生活，一切都会充满希望。

4 / 最后一课

操场上挂出了倒计时黑板，高考倒计时，只剩下一位数了。离高考还有八天。高一高二的学生被要求禁止喧哗，明明是炎热的夏天，空气里却充满了冷清肃杀的气氛。

"明天开始你们就回家复习了,这是高考前的最后一堂课了。"班主任陈老师站在讲台上,诚恳地对大家说。林晓路忽然觉得,今天的陈老师,看起来特别慈祥。

"时间只剩下这么八天了,过去每年都有些同学最后这八天废寝忘食,通宵达旦地复习。结果适得其反,把身体搞坏了,反而没法正常地发挥。所以,我劝大家,不管你们文化课复习得怎么样了,这八天都不要折磨自己了。"

"你们可以继续按上学的时间作息,晚上一定要睡够八小时,中午的时候有条件就午睡一下,没条件也静坐着闭目养神,保持一个好的生活规律。"

"饮食上尽量都吃你们平时吃惯了的东西。别让家长搞那么多大鱼大肉的,给你们的肠胃太多负担。你们这几天也别在家称王称霸的,家长为了你们也辛苦了这么久了,一定要多体谅他们。"

"我知道,听了三年我的唠叨,你们的耳朵都长出茧子啦。其实,你们已经长大了,很多道理,不用说你们都明白,可我还是忍不住说,因为放心不下你们。"

说到这里,陈老师忽然停下来,静静看着全班同学的脸,忽然发现,这三年,他们都长高了很多,脸上脱去了从初中带来的稚气,开始有了成年人的轮廓。

她眼眶忽然红了,说:"放心不下也没办法啦!以后,你们就不归我管啦。"

三年来,同学们常和老师对着干,在她眼皮底下耍点小聪明,想要逃离她的管束。但一点一滴的师生情谊,也在这样的朝夕相对中建立起来。想到将来再也听不到她的唠叨,林晓路的鼻子忽然有点酸酸的。

此时，坐在教室最后一排的一大个子男生忽然哭了起来，抽抽搭搭地说："你永远是我们的陈老师！"然后全班同学一起说："对！你永远是我们的陈老师……"

下课铃响起时，没有人站起来离开。不知由谁带头，大家开始在彼此的校服上签名。这件他们都曾经嫌弃难看的校服，在此刻忽然成为三年时光的最好纪念册，只需一个签名，就能在未来的时光，唤起关于名字的主人鲜活的记忆。

大家拥抱，拍照留念，在同学录上写下祝福和谏言。最后，人还是渐渐地散了。只留下安静的走廊上"高三（2）班"的牌子，在夕阳穿过教室门的斑驳光线中，渐渐暗了下去。

林晓路意识到，自己将再也不会回到这个教室里了。虽然她最后，也没找到到底哪张桌子是韩彻用过的，但光是想到他也在这里进行过高三最后的冲刺，就觉得像是听到了他亲口的鼓励一般。她在这里拼命地向上游着，用她知道的唯一方式，朝他靠近。

现在，她和每个人一样，清空了留在这里的东西，带走了喧哗和记忆。只把沉默的桌椅，留在空荡荡的教室里。林晓路认真地对它说了谢谢和再见，然后关上门离去。

5 / 幸福的范本

周六早上九点正，阳光明媚，花园小区门口的包子铺前，腮帮子鼓鼓的郭潇悦一边往嘴里塞着包子，一边跟林晓路挥手。

郭潇悦约林晓路到她家一起进行最后几天的复习，她一本正经地说："我们还是一起复习互相监督比较好！要是只有我自己一个人在家，恐怕又会走神得厉害！"

"我还没吃饭呢！"林晓路就上去抢了她一个包子。郭潇悦嗷嗷大叫："我的口粮！"

进了小区，林晓路有点意外，这是一个绿化面积很大，房子修得很漂亮花园流水小桥的气派小区。郭潇悦身上一直有着无比强烈的草根气息，林晓路一直怀疑她家是不是穷得让她都吃不饱。

两个女孩打打闹闹地啃着包子上楼。到了门口，忽然跳出来一个精神抖擞的眼镜阿姨，叫："潇潇！我跟你爸要出去了！"

"这是我妈！吴阿姨！"郭潇悦说。

林晓路差点哽住，连忙喊："阿……阿姨好！"

门口还站着一位叔叔。长着跟郭潇悦一模一样的眼睛，一模一样的圆脸。这肯定就是郭叔叔了。

"叔叔好！"

郭叔叔很憨厚地笑了笑，看起来是一副非常善良的样子。

"这就是你经常说的林晓路啊！"吴阿姨高兴地说，"好，你们就在家好好复习吧！我们去钓鱼没你们俩的份！哈哈哈！"

"潇潇不去是对了的，她一去，水边一照，鱼都吓跑了！"郭爸爸奚落着郭潇悦。

"快走快走快走~！"郭潇悦一边进门一边把他俩往外推。

"叔叔阿姨再见。"林晓路说。

"叔叔阿姨再见！"郭潇悦也说。

217

这个阿姨，一点都不像传说中会拿着毛线签子守着郭潇悦做题的妈妈啊。高考在即，别的家长都为孩子忙得人仰马翻了，而这两个家长却毫不在乎地出去玩。

"我爸说，都到这时候了，该复习的都复习完了，该学的也不可能学到更多了，充满信心地去考试就够了！我妈说他们留在家里看着我，我也会觉得紧张！所以干脆不管我！甚至还问我要不要一起去玩！"郭潇悦把林晓路推进了门。

这是很有气质的一个家。林晓路想了半天也只能用"有气质"来形容她对这里的感觉。

光从大阳台洒进来，照亮了客厅的每个角落。这个房间里的一切都整洁而温馨，每一样家具的摆放都让人眼睛觉得舒服。

想要坐下的地方，就会有一张桌子，配上舒服的椅子。

沙发旁的转角桌上，摆放着一张发黄的老照片，很醒目。照片上乐得龇牙咧嘴的男青年，被戴着黑框眼镜表情得意的女青年从后面揪住耳朵。一看就是刚才的叔叔阿姨。他们那么高兴，笑得那么开心，春光明媚百花齐放。

让林晓路看得忍不住发起呆来——为什么他们可以那么开心地彼此相爱，然后一直相爱到了现在并且开花结果，幸福美满地生活？

"这是他们结婚之前的照片！"郭潇悦看林晓路发呆就过来解释了，"他们非要放到沙发旁边顺手的地方，所有客人都会拿起来看。真是一点都不害羞！"

"你爸妈是怎么认识的？"林晓路想，这么完美的一个婚姻，应该会有一段惊天动地的佳话吧。

郭潇悦托着下巴作沉思状态:"嗯~~这个嘛,我爸爸和妈妈各自有不同的版本,我爸爸说,那年人民公园发大水,我爸爸奋不顾身地拯救了落水群众吴阿姨,从此他们就相爱了!"

"人民公园发大水?"

"后来我又去问我妈是不是真的,我妈说,听他鬼扯!我可是游泳队的!你爸落水我救他还差不多!然后我妈就不谈这个话题了!最后我问我奶奶,我奶奶说,他们是介绍对象,差不多就是相亲那样认识的!"

"这也太平常了吧!"林晓路说。

"所有听了这个故事的人也都这么说!"

"还有他们以前的照片吗?"林晓路好奇得不得了。

"基本没有了!不过嘛!嘿嘿嘿!你等等!"郭潇悦一脸得意地溜进了房间,拿出来一本皮外壳的大本子,说,"这是我家的传家宝!"

郭潇悦小心地翻开,原来这是一个素描本,而且已经有些年头了。看样子是把很多不同时期的本子装订在一起的。

"我家以前穷得叮当响,根本没钱拍照片,我爸都是用画的!"郭潇悦说,"看,这是他们刚结婚的时候,还没有我呢!"

她手指着一张钢笔素描,画面上是一间简陋破旧的屋子,地上放了好多盆子。屋子边的小床上坐着一个笑容灿烂的眼镜女青年,当然就是郭潇悦的娘亲了。

"这些盆子是干嘛的?"林晓路问。

"下雨漏水啊!我爸说,穷得叮当响实在是非常形象的词,一下雨家里就叮当响呢!"

219

翻过了一些做饭烧水还有郭妈妈熟睡的小随笔,往后面翻着,郭妈妈的肚子变圆了。

"那个是你!"林晓路指着郭妈妈的圆肚子说。

"那个是我!"郭潇悦十分得意。

还有一页很奇怪,是画得十分认真的一桌子饭菜。每盘菜下面还认真地写着菜名。

林晓路不解地看着郭潇悦。郭潇悦咽了咽口水。说:"那时候他们两个的工资加在一起也很少。生活很拮据,一个星期也只能吃一次肉。经常路过饭馆的时候馋得不得了。我爸爸就拿出本子,跟妈妈一起趴在床边,说等有钱了去吃饭都要点些什么,每想出一个菜色,我爸就画下来,然后他俩一起在那里吞口水!"

"难怪你对食物这么执着!原来是接受了这样的胎教!"

郭潇悦眉毛一挑,恍然大悟地说:"原来如此!"

画册继续往下翻,出现了郭妈妈抱着郭潇悦的画面,有自己在地上爬着的郭潇悦。同一时期的还有婴儿车、婴儿床的草图。

"这些东西都是我爸自己做的!牛吧!"郭潇悦的语气里充满了对父亲的崇拜。画着画着画面上的郭潇悦开始了直立行走,似乎是搬家了,环境好了不少,画面上出现了电视机。

下面有一排字:

今天,潇潇看了电视剧《昨夜星辰》,对我说:"爸爸,你以后可不能像那个男主角,跑去搞外遇啊!"她才五岁!怎么懂这么多!

"你可真早熟啊！"林晓路笑道。她的心里涌上了一种温暖的酸涩感。

画面上记录着郭妈在笑、郭妈在切菜、郭潇悦在学走路、郭潇悦上学了得意地背着她的新书包……记录着他们一次一次地搬家，画面上有房子平面设计图，甚至还有家具设计图。

"一切都在越来越好呢！"林晓路说。

"中间也有过困难的时候，不得不卖掉家里的车。当时我一直以为它是变形金刚的化身，发现车不见了之后哇哇大哭。"

"那怎么办？"

"我爸骗我说，我家的车为了宇宙的和平又回到外太空了我才罢休！"

郭潇悦翻到画着歪歪斜斜的变形金刚的一页，说："看，我画的！"

一家人对生活的热情通过这些长年积攒下来的画片，已跃然纸上，无须再多言语。这本子里记载了他们一家这些年来走过的时光，所以被视为传家宝。尽管画面随着时间发黄了，里面一点一滴地积累下来的闪闪发光的记忆，却从未褪色。

王子遇到公主的过程常常被写成曲折动人的童话故事，但王子跟公主幸福地生活下去这个漫长的过程却总是被一笔带过。

"我的父母是离婚的，我妈妈的很多朋友也离婚。你们一家人能这样一直走过来，实在太不容易了。"林晓路有点沧桑地感叹道。生活多平淡无奇啊，再伟大的爱情在柴米油盐的洗涤里都黯然褪色。在她幼年的时候，父母也曾这样相爱过。可为什么，还是不爱了呢。

"我爸妈的朋友也有很多离婚了。"郭潇悦说，"我爸说不知道那些人为什么想不开。"

"我上次看到一个新闻，美国有个律师打了广告是：'生命短暂，离个婚吧！'意思说，人生只有几十年，别想不开了，想得开就离婚。"林晓路耸耸肩说。

"我爸说，他们总是以为婚姻是要遇到一个完美的人才能组织一个完美的家庭，所以婚姻才失败的。"

"难道不是要遇到对自己来说完美的人吗？"

"他说，那些人都以为感情是一盆植物，它会自动成长成两人理想中的美丽样子。其实是错的。婚姻只是两个人一起拿到了一颗种子，要种成什么样子，就要看这两个人的付出了。常常有人没有用心栽培长不出好的花，以为只要换一颗种子就能解决所有的问题。然后就换啊换啊，半途而废的多可惜。"

林晓路心里一颤。其实这并非是什么新鲜的观点。只是从一个家长那里听来，总觉得很说不出的深刻。

那个本子的封面似乎是定做的，封底的角落处，压印了一排小小的，毫不起眼的文字："感谢一切。"

感谢什么呢？感谢他们相遇，感谢他们曾经度过的贫穷，艰难的时光，感谢他们有了一个可爱的女儿，感谢一路走来的点滴吧。也许寻找通往幸福的路只是一句美丽动听的话语，怎么把普通又辛苦的路走得幸福，才是生活的真理吧。

"你爸爸遇到你妈妈，可真好啊。"林晓路无比羡慕地说。

"啊哈哈哈！那当然了！要不怎么会生下冰雪聪明的我啊！"郭潇悦又生拉硬扯地将表扬往她自己身上拉，这种可恶的自大不知道为什么她一用就显得很可爱。

林晓路只好露出鼻孔对她说："这个还有待考证。"

"好了！我们开始复习吧！"郭潇悦啪地合上本子，空气中漂浮着一些来自过去时光的细小灰尘颗粒。

"加油！"

"嗯！加油！"

这是林晓路跟郭潇悦之间使用得最频繁的一个词。说的时候，轻咬嘴唇，皱着眉头，严肃地微微点一点头。似乎真的就有一股力量涌上心头了。

此刻也要被林晓路写进她自己的记忆素描里去，只要世界上还有一个幸福的范本，就不要放弃相信爱情。

九
"我能够了解你为何灰心，
但请你在最后不要放弃"

1 / 片刻的幸福

高考之前，林晓路当然还是要去进行一番祈祷的。

据说考生该去拜孔庙，但林晓路觉得自己跟孔子不太熟，再加上全国那么多考生都去拜他老人家，孔爷爷怎么可能管得过来平时不烧香的她啊。还是去昭觉寺拜拜气派的大树比较靠谱。

夏天最热的时候就要到了，这里的一切在阳光下显得有些苍白，空气中漂浮着淡淡的香蜡气息，是一种奇特的好闻味道。

她跨过一座又一座供奉着各路神仙的庙宇门坎，她对每个威严的神像腼腆地笑笑，低头走过，并不停下。

直到又看到她的老朋友。

"你好!"她对着大树说。

"……"

大树用悦耳的蝉鸣来回答她,真是好久好久不见了呀,林晓路想。

林晓路深深地吸了一口气。树的清香将她包围——来自过去的熟悉气味,好像自己昨天才来过。上一次来,好像已经有一年了吧。

这段时间她身边小世界不停地动荡。而这片树荫下好像一个时间静止的空间。

好长的一年啊。林晓路想。

要希望高考顺利吗?树神俯视着林晓路,觉得拥有千年智慧的他已经看透她的诉求。

"是啊,希望高考顺利,啊,希望郭潇悦也高考顺利。"林晓路双手合十认真地祈祷着。

这样就够了吗?

她抬起头,看着刺眼的阳光从密集的树叶里明晃晃地洒落。阳光晒得她有点眩晕。

她曾经在大树下为朋友们祈祷,也不知道他们现在过得怎么样了。

她为他们许下的愿望都实现了,他们却依然不快乐。不知道许什么愿才能让他们真的快乐呢?

这么多年来,有多少人在树下祷告过呢?他们的希望又都是些什么?那些实现了愿望的人们是不是从此就过得幸福快乐了?

忽然觉得有点缺氧,胸口那里好紧。心里有一块地方放满了周围的世界沉淀下来的伤痛和幸福,所以有时才会觉得呼吸困难吧。

在树下坐了一会儿,林晓路发现,自己的内衣太紧了。她长大了,生理和心理上的。

成长带来的窒息感也许没有那么复杂，只是我们身体在长大在变化，以前的小胸罩开始装不下我们发育起来的胸部。

我们内部膨胀起来的爱恨，孩提时期的狭小生活圈就快要装不下，开始了蠢蠢欲动的挣扎。等待夏天过去，就要开始破茧成熟。

林晓路默默地又许了一个心愿。

"希望我，和我知道的，认识的每个人，都能得到幸福。"

大树沙沙地轻轻晃动着树冠，慈祥地笑了。片刻的幸福感觉，是很容易实现的事情。但人们要如何在漫无止境的人生中一次又一次地度过低潮期？

2 / 所谓黑色七月也就是那一瞬间的事儿

七月八日。

最后一门考试的结束铃声响起，整个教学楼爆发出了震耳欲聋的，狂欢般的叫喊声。

也一样在人群中肆意叫喊的林晓路，忽然想起《火鸟》那部漫画里，世代都被围困在悬崖之下的家族，终于有一位年轻人经历了艰难困苦，爬上了悬崖来到新的世界。

那一刻从他的身体内部，爆发出狂喜的叫喊——终于可以开始真正的生活，充满希望的叫喊。

我们和他一样，将谷底的小小世界，留在身后，抛在脚底。

所谓的黑色七月，就这样结束了。

那时候我们以为高考就是人生中最重要的事情，不久就会明白，有很多事比高考复杂得多，生活路口的每个决定，都是比最难的考试题目还让人琢磨不定的选择题。

3 / 当时的月亮

"当时的月亮，一夜之间化作今天的阳光。"

高考完后林晓路在家里拉着窗帘睡到黄昏，楼下有人一直在放着这首歌。林晓路醒来，想起高考已经结束，忍不住嘴角挂起微笑。

舒服地伸了一个懒腰，抓起床边写字台上的佛头，与它四目对视。

她把它拿在手里，对准从窗帘洒进来的一抹阳光，用指尖抚过底座上那排小小的凹凸不平的字。

也许是说，一切都会好的。林晓路一相情愿地想。

苏妍打来电话，声音变得很精神，她高兴地问林晓路："猜猜我在哪里？"

林晓路撩开窗帘往楼下张望着，依然开着那个玩笑："巴塞罗那？"

"对！我在巴塞罗那！就在你常说你想去看看的高迪大教堂的上面！"

"什么！"

林晓路激动得心扑扑跳，假如苏妍不是在逗她的话，那国际长话费一定高得惊人。她一时不知道说什么好，支吾了半天之后说："啊啊啊，从那里寄一张明信片给我！"

也不知道苏妍听清没有,她继续在那边激动得语无伦次地大叫:"我看了好感动!一百多年来一直在修这个教堂。啊,从这里望出去看到了好多顶着水果的塔尖!"

"我以后,绝不再要浪费自己的人生!"苏妍大喊道,"我要把昨天的我自己,留在这个城市里!回去之后,重新开始自己的人生!"

"嗯!一切都来得及的!"林晓路说。

"谢谢你,林晓路!"

林晓路在半个地球的这一边呆呆地握着听筒,直到电话那边已经是断线的忙音。仿佛从听筒那边跑出来的西班牙色彩缤纷的一切还有街头传来的音乐还残留在她自己的小房间里的空气中。

苏妍,可真让人羡慕。

林晓路不知道,苏妍在电话那头泪流满面。

苏妍也开始渐渐学会,受伤之后也要露出不在乎的表情微笑。王成给她的伤痛——或者说,她自己任性地坚持这段爱情给她带来的伤痛,还要花点时间才能治疗。

我们装作很坚强,装得久了,忘了自己在装,就会真的变坚强。

我们装作快乐,装作幸福,努力地生活下去,不要给别人看自己失魂落魄的模样,等待时间渐渐过去,就一切都好了。

后来,林晓路真的收到了苏妍寄来的明信片,上面盖着异国他乡的漂亮邮戳。那张来自西班牙的明信片上印着高迪的教堂还未完成的漂亮瓷砖,在碧蓝的天幕下,缤纷喧嚣地闪耀着。

上面写着:

我很羡慕你,林晓路。这么单纯又努力地活着,从来不为那些无聊的事情烦恼。假如高中生活可以重新来过,我希望自己能像你那么度过。什么都不害怕。

你是我的偶像,林晓路!

将要好好努力的苏妍

这张卡片被林晓路夹在了记录着关于韩彻的一切的《墨水点白皮书》里——这是来自她心中那个只属于她和韩彻的巴塞罗那的纪念品。像一片来自那个城市的碎片,经过千山万水,终于飞到林晓路手里。她觉得,就算再也见不到韩彻,也不觉得遗憾了,这一小片碎片,可以充当这段单恋的最后一个章节。

郭潇悦收到服装设计大学的录取通知书后就欢天喜地地收拾行囊去了北京。只是时不时地给林晓路寄回一封满是哈喇子的信说她是如何的想念那位大妈的烧烤还有冒菜,想得抓耳挠腮。

"中央公园"漫画书店,收购了"公园旁边",中间的墙壁被打通,重新装修了一番,都摆满了漫画。店主笑眯眯地对林晓路说:"阅读漫画的时代要到来啦,会有越来越多喜欢看漫画的人!"

那一年的夏天,有些朋友从林晓路的生活中渐渐失散了,他们都变成琐碎生活里的细小分子,流动在现实世界里的汹涌人潮中,走在各自的故事里。

林晓路用高中毕业的假期,画了一个小故事,一个小女孩跟踪着一个神秘的男孩,最后找到了属于自己的宝藏。她鼓起勇气投稿了,被刊登在了《漫画快递》上,还有读者写信给她说喜欢这个故事。拿着那封信,她感动得掉下了好多眼泪。原来心中的梦想并不是那么遥不可及,她决定用大学四年的业余时间,努力画漫画,如果这四年她可以在这条路上做出自己满意的成绩,那么,毕业后就以漫画作为终生职业。

那一期的《漫画快递》旁边,放着一本颜色绚丽夺目的书。书腰上写着"国内的第一本全彩漫画故事单行本"。

林晓路立刻就认出那是王成的画风,惊讶得心怦怦直跳。封面上画的是苏妍。穿着她们学校的校服,仓皇地站在人海中,眼角挂着泪痕。但她的表情是坚毅的,她正要向着茫茫的人海跑去。那本书的名字叫《离开我,你将得到全世界》。

王成用精确的笔触捕捉了他眼睛里苏研爱恨交织的一瞬间。林晓路觉得画面上的苏妍看起来很陌生,与她熟悉的那个语气冷淡,感情脆弱,生活在奇幻世界里的苏妍完全不同。

书里的故事很简单,就是一个叫苏的女孩爱上一个不靠谱的男人的故事。苏以为自己只要拼命地付出就可以获得爱情,但对于一个错误的人来说,再多的付出都没有用。这本书在漫画全都画着爱情的纯真唯美的时代,像是把一颗柔软的心捏碎,将血色涂抹在画面上。这本书如此的不同,所以畅销得一塌糊涂。

林晓路想,说不定,王成是懂苏妍的。比苏妍更懂得她自己那份毫不靠谱的爱情。那时候苏妍只知道付出,不去管对方是不是可以承受那过于沉重的心意。

4 / 圣家族教堂

平息住心里的激动还有爬楼梯带来的呼吸急促，林晓路排了两个小时的队终于等到可以上塔顶那一刻。她一路小跑，不断地对被撞到的人道歉，穿过拥挤在楼梯里的旅客，到达了塔顶。

风呼呼地刮过她的脸。一排头顶着水果的教堂塔尖威严地站立着。目光越过它们，就是高迪守望和装扮的美丽城市，巴塞罗那。那些低矮的房顶，在地中海气候的明亮阳光中，呈现出一片美丽的金黄色。林晓路的头发被吹得呼呼地飞着。

"妈！快看啊！"她对悠闲地跟在后面，用惨不忍睹的英语加手语跟一对老年夫妻高兴地聊天的妈妈喊道。

"你小点声！不要在公共场合大声喧哗！"妈妈对林晓路摆摆手。

"What an energetic girl！"老年夫妇礼貌地笑着说。

妈妈得意得不得了："She's a comic artist！"

那老太太看到妈妈自豪的样子立刻配合地做出"O"的嘴形感叹道。

连"dinner"都说不清楚的妈妈，却可以用英语准确地介绍女儿的职业。林晓路有点尴尬，又很害羞，连连对妈妈摆手叫她不要说了，然后转移她的注意力："妈！你快看这塔尖多漂亮！"

"这个教堂的塔尖上好多水果呢！你的偶像高迪可真是幽默啊！"妈妈说。

林晓路忽然恍然大悟，又大喊一声："啊！我要给苏妍打电话！"

"求你别这么惊蹦蹦的好不好,素质,注意素质!"妈妈无可奈何地说,林晓路一激动嗓门就会变大。

电话通了,林晓路问:"猜猜我在哪?"

"嗯,巴塞罗那?"苏妍开玩笑道,她们还是会玩那个无聊的小游戏。"猜猜我在哪儿"这个问题的答案,永远都是"巴塞罗那"。

"对!就在五年前你站着给我打电话的地方!"

电话那头是夜幕已降临的成都,苏妍问:"有没有碰到五年前被留在那里的我?如果碰到了,告诉她,我现在很快乐。"

"林晓路?"一个男声从旁边传来,"我要跟她说话!"然后电话被抢了。

"假如你在那里碰到五年前的苏妍,就告诉她,她是个笨蛋!"

"先生贵姓?"林晓路其实已经知道他是谁了却还是假装礼貌地问了一句。

"不说了,回来请你吃饭!有重要的事情宣布,收线!"

"苏妍的男朋友?"妈妈还是会装作若无其事地偷听电话。

"就快是老公了吧!"林晓路从包里摸出那个已经变得很光滑的佛头,一手举着相机,一手举着佛头,咔嚓地拍下一张。佛头到了巴塞罗那!林晓路开心地想。佛头未来还要去更多的地方旅行。

巴塞罗那的夜幕降临,周末的狂欢浪潮从午夜才刚刚开始。她们住在一个家庭式的旅馆,外面欢快的声音一阵阵地传进来。

"妈,你睡了吗?"林晓路问。

"嗯……"妈妈的声音迷迷糊糊地从下铺传来。林晓路探出头望着下面。

"妈,假如我不这么出息,你还会这么开心吗?"

"只要你过得高兴我就开心……"

"妈,这些年你有过觉得自己快要支持不下去的时候吗?……"林晓路很小声地问,身处在一个完全陌生的世界里时,她忽然想对熟悉的人问一些她没问过的问题。

但妈妈沉沉的呼吸声已经响起。她已经睡着了。

林晓路很想自己出去走走,她依然没完全明白自己到底置身在一个怎样的世界。

在巴塞罗那街头的小巷,已是狂欢后的狼藉模样。她曾经一次次地幻想着这座城市的色彩斑斓。这里和想象中的还是完全不一样——不是不好的那种不一样,而是,无论你看多少关于一个城市的照片,读多少旅游攻略,搜集多少它的历史。真正到达那里,还是会发现和你想象中的完全不一样。

其实,真实世界里的一切,都和臆想出来的大不一样,但那未必是个坏事,一切都是因为不一样才有趣的啊。

林晓路一边想着,一边朝着从远处传来的游行队伍的音乐声走去,然后她迷路了。

她忘了自己到底要去哪,穿过服装色彩艳丽的人群,躲过拿着巨大乐器的艺人,穿过巨大的粉红色的大象脚底。一直向前走着。

看到前面有一个男生,穿着一件有些发灰的,二十五中的校服。她看不清楚他的脸。

他正拿着粉笔在画画，边画边向前跑，从他的笔下，延伸出来一条条歪歪斜斜，被粉笔涂抹得一片缤纷的街道。这里，林晓路觉得好熟悉。

林晓路终于想起，这里，就是她自己在想象的世界里一点点描绘出来的巴塞罗那，那个一直存在在她心里的巴塞罗那。

男孩背后有一片溅开的墨水点，被洗得发蓝。韩彻，是韩彻，他被林晓路留在记忆深处，已经好久没有想起。林晓路跟随着他的脚步跑过一个一个的小窗户，一些被遗忘的时光在这一刻在她周围轻轻地旋转。

苏妍的本子上抄着歌词，"努力爱一个人和幸福并无关联"。

谢思遥说爱情很痛苦，任东笑道，遇到不对的人当然会痛苦。

大叔说，小屁孩也有小屁孩的烦恼，总以为就要受不了过不去了，等长到我这么大才发现当时要死要活的，都是些屁大的事儿。

张小蔓说，世界上叫人难受的事除了感情还有很多。这是平凡生活里每天的纷纷扰扰，你不为这些苦恼，还有别的事情让你苦恼。

妈妈说，你还小，根本不明白什么叫真正的痛苦。你们现在经历的一切都还微不足道，等你长到我这么大再跟我探讨人生的痛苦吧。

郭潇悦擦擦嘴，满足地说，吃饱了就不要想那么多没用的事。然后把她那张大圆脸凑到林晓路面前说：我们太年轻啦，追忆似水年华还太早。

林晓路继续往前跑。路的尽头坐着一个小小的女孩，乱蓬蓬的头发，独自坐在楼道口，在夕阳下望着车站的方向等着妈妈。

林晓路走到她旁边。陪着她坐下。这个孩子是那么平凡跟不起眼，眼泪脏脏地挂在脸上，好一个邋遢的小孩子。

她手里拿着一团皱皱的纸，纸上涂鸦着她的城堡与花园。小孩深深地叹了一口气。愁眉紧锁。

林晓路知道那是过去的自己。是那个曾经自卑，爱幻想，不知道未来会如何，总是以为迟早将被生活踩扁的自己。

她也知道那不仅仅是过去的自己，还是每个暂时没找到自己的路的孩子，是每个不快乐的孩子。

是过去的我，也是你。

我们都曾经孤独地坐在自己的世界里，等待一个属于我们的奇迹。

有一天你将破蛹而出，成长得比人们期待的还要美丽，但这个过程会很痛，会很辛苦，有时候还会觉得灰心。面对着汹涌而来的现实世界觉得自己渺小无力。

但这些，都是生命的一部分。

林晓路在她旁边坐下来，有很多话想说。

但她只是摸摸她的头，轻声说："做好现在你能做的，然后，一切都会好的。"

终
林晓路拯救世界

"晓路！晓路！快起来！"

"嗯？"林晓路正睡得迷迷糊糊的，妈妈就冲进卧室不分青红皂白地把她给摇起来，"你的录取通知书到了！就是你想考的美术学院！"

"真的吗？"林晓路从床上一跃而起。抓过妈妈手里的录取通知书睁大眼睛看。虽然这是意料中的事情，但凭借自己的努力去实现了八年前就被认为是不可能的事情，是多么的开心。

"你太棒啦！"妈妈给了林晓路一个大大的拥抱。其实那只是一张普通大学的本科录取通知书而已，但妈妈对女儿的每个成绩都给予了无比夸张的肯定。

"我早就说过，只要你尽力了，就一定没问题的！"妈妈说。

"我要去买手写板！"林晓路高兴得跳了起来。妈妈跟她约定，假如她被美术学院录取，就给她买一个手写板，这样她就能用电脑画漫画了。

"好！去吧！"妈妈把一千块放到她的手里，在那时，这对林晓路来说是一笔巨款。

林晓路抓起背包就蹦蹦跳跳地下了楼。跑过楼道，跑到电脑城外的街道上——其实她应该没有跑那么长时间，但她记得，那一天她一直在跑，像她昨晚做的那个长长的梦一样。

这一天，对林晓路来说，每个曾经让她心烦的细小事情都是那般美好。包括平时她会避闪的发小传单的人们，她挤过他们，躲过一张又一张她毫无兴趣的单子时，还是忍不住一直微笑。

一个有点害羞的声音对林晓路说："打折机票，看看吧。"

一张小小的卡片递到她的手边。林晓路忽然想看看从成都飞到巴塞罗那需要花多少钱——哪怕是个天文数字她还是想看看先。于是接了过来。上面只印了国内各大城市的价格。

林晓路摸摸下巴，望着那张卡片若有所思地问："有国际机票的价格吗？"

"没有。"那个声音回答道。

林晓路抬起头。

看到一件被洗得已经褪色了的，眼熟的咸蛋超人的T恤。

目光再抬高一点。

！

一年没见到，他长得更高了，头发也长了，有些小小的自然卷。被晒得更黑，更瘦。脸上已经有了一些青色的胡茬。眼睛躲闪着问话人的目光，似乎只想发完卡片，快点结束这无聊的一天。

其实，她早就隐约猜到韩彻的考试结果。她故意粗神经地忽略了，继续着她想象世界里一如既往的完美结局。

林晓路呆呆地看了他有 5 秒钟，然后抬头挺胸地站直，左臂握拳抬起护于前胸，呈 90 度举手状。目光中充满着爱与和平的正义凝望着韩彻，摆出咸蛋超人拯救世界的经典 POSE。

韩彻表情惊讶地看着她，马上要开口问她是谁了。

林晓路说："加油！"

她头也不回地跑开，不给他机会问问题。留下一脸迷茫的韩彻站在人海里。她不想问韩彻他现在到底过得怎么样，她也不介意自己没有在他的生命里留下痕迹。她好奇的那些关于他的问题，她都自己为他填写上最完美的答案。在转头离开的时候，她在心里用最大的能量，默默地祝他一切都好。韩彻你也要加油。不要被生活打败！

我们不必认识，不必相知，不必分离。这样可以维持在跟着你的影子走过的时光里，对你臆想出来的美好的一切。林晓路的韩彻，永远在巴塞罗那的街道涂抹一片又一片美丽的色彩，绘画出一个完美的世界。她并不知道，那一刻，自己也在韩彻的心里，投下了一片阳光，那一声加油，对他来说很重要。

林晓路一直向前跑，阳光在她身后投射出一个跌跌撞撞的影子。她的背包里还放着高考前被她放到书包里当护身符，一直没拿出来的佛头。佛头跟随着她跑动时起伏的脚步，在她的包里晃晃悠悠。

佛头下面刻的那排梵文的意思,林晓路过了很多年才知道,那确实是来自佛经的一句话,意思是:

每个人的生命都是光明的。

特别附录
《踮脚张望》创作手记

脚本 / 寂地　漫画 / 阿梗

阿梗，关于我和你还有这部小说的故事，你愿意帮我画下来吗？
当然啊！
你还记得我们初次见面的场景吗？
是在北京领奖的时候吗？记得呢，我们住一个房间，你喋喋不休地拉着我聊天到半夜三四点，我困得要死呢……
不是呢！还要更早哦……事情要从很久很久之前说起。

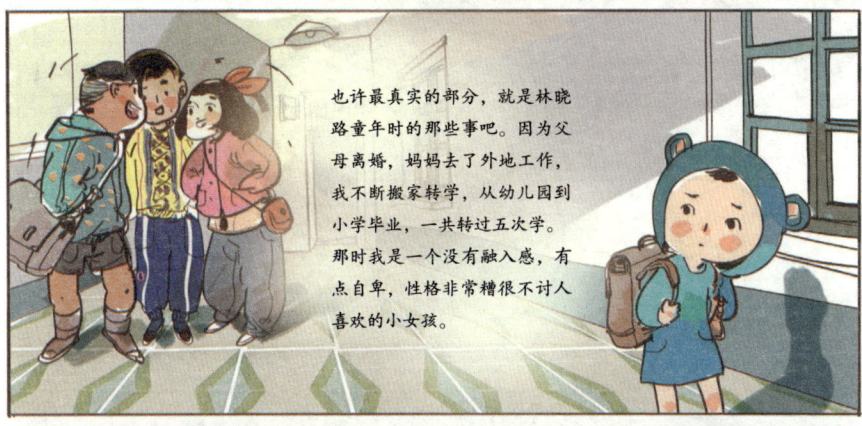

常有人问我《踮脚张望》写的是真实的故事吗？它是一部半自传体小说。里面有很多人和事都是虚构的，但他们都是来自现实的投影。

也许最真实的部分，就是林晓路童年时的那些事吧。因为父母离婚，妈妈去了外地工作，我不断搬家转学，从幼儿园到小学毕业，一共转过五次学。那时我是一个没有融入感，有点自卑，性格非常糟很不讨人喜欢的小女孩。

哇……

和林晓路一样，那时候，我世界里唯一闪闪发光的东西，大概就是漫画了。

很幸运，在老家的小县城，居然有一个漫画租书摊，有大量盗版的日本漫画出租，有一排小板凳，五分钱到一毛钱就可以看一本。我把所有的零花钱都花在那里。也许想要创作的种子，就是在那时候种下的。

快了！

我什么时候才出场呀？

读初中的时候，在外地的妈妈会帮我买每一期《少年漫画》。看到了阿梗的画，就觉得非常喜欢。

哎呀~

中国原创漫画家笔会

呀呵！

去成都读书的那一年，成都举行了一次漫画家笔会，刚上高中的我，心中满怀着对漫画的热爱，去参加了那次笔会。

请帮我签名吧！

阿梗长得好可爱！皮肤黑黑眼睛又大又圆。

人超好的梗老师，给我画了一个很豪华的涂鸦，我屁颠屁颠地走了。

247

这就是我和阿梗的初遇，也就是那一次，作为一个小粉丝去参加漫画家们的签售会。

原来我们的初遇是这样！

那时候前辈们都还很年轻，那时候没什么人关心漫画，大家凭着一腔热血，因为爱朝着理想奔跑而去。也许，那时的我并不懂这种热情背后要付出的艰辛，但他们在我心中是一群闪闪发光的人。

然后我就和林晓路一样，上了艺术职高，学习美术，看很多闲书，成绩很差。曾对自己一点自信也没有的我，在艺术职高里，找到了志同道合的朋友，那时我并不知道，现在我常常会怀念那段日子给我的力量。而那段日子留在我心灵里不可磨灭的成长记忆，都被写入了《踮脚张望》。

248

我考上了大学，本来报考了动画专业，却被分到了绘画专业。
为什么我是绘画专业啊！
因为你文科成绩和艺术考试成绩都比较好！
那绘画专业具体是什么呢？油画，设计？
就是绘画啊！
成绩很差，一直被父亲预言高中毕业就会找不到工作而给他添麻烦的我，高三拼命努力，又因为成绩太好，没能读成想读的动画专业……也许是个讽刺吧。
不过，读了绘画专业，每天都可以画画，也非常开心了。当时，家里经济状况并不是很好，妈妈却为我买了家里经济能力范围内最好的电脑、手写板等，让我可以画漫画。

我知道自己只能用大学四年来在自己喜欢的事情上奋力一搏。我和自己约定如果大学毕业，能在绘本漫画上做出自己满意的成绩，那我就一辈子都画绘本漫画。
妈，我的画发表了呢！
哟，有豆腐块那么大呢！用放大镜也许能看清楚！

被退稿了……
我重新再画！
午休的时候我总一个人在教室里画画，或在图书馆背单词，放学和假期里的时间也全部在画画，写脚本。

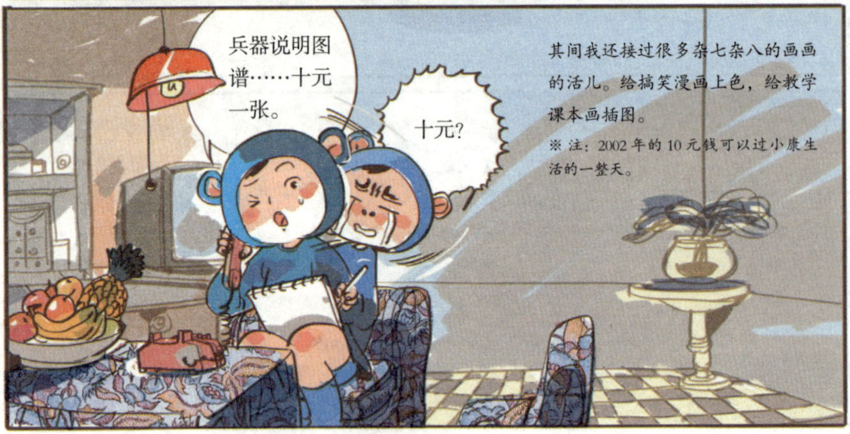
兵器说明图谱……十元一张。
十元？
其间我还接过很多杂七杂八的画画的活儿。给搞笑漫画上色，给教学课本画插图。
※注：2002年的10元钱可以过小康生活的一整天。

对方说你的上色风格太艺术了,不适合,给你五百元作为劳务补偿吧!

有些很辛苦的活儿,从来没拿到稿费。本来该有两万元报酬的工作,用了一整个暑假,熬了好多夜才完成的工作,就这样随便说不要就不要了。

没关系啦!

妈妈,对不起……本来以为可以赚一些钱补贴家用的。

没关系啦!

那时候的两万元,对我家来说可是一笔巨款。

你自己不是也能写故事吗?别做那些浪费时间的事啦。

嗯!

也许是因为妈妈的鼓励,所以这些事情一点也没打去我对漫画的热情。

251

妈，你看我画得怎么样？
眼睛好像被烟头烫的！
不久后，我画出了自己的原创系列的第一个故事。V先生的旅途，仙人掌的故事。
没有杂志发表，我就发表在网上。网上从未见面，以画交流的朋友们给了我很多鼓励。让我更加坚定地画着“MY WAY”系列的故事。
好奇特的风格！
故事很感人！
寂地！
就在我放弃了投稿，不再去想太多，只是全心全意地开心画画的时候，我的作品反而被编辑发现，受到了邀稿，然后开始了连载，出版了自己的作品。
这个一笔带过的过程，其实很辛苦吧。
好像总在熬夜，没有休息时间，但拿到稿费，看到自己的作品被印刷出来，真是非常有成就感。

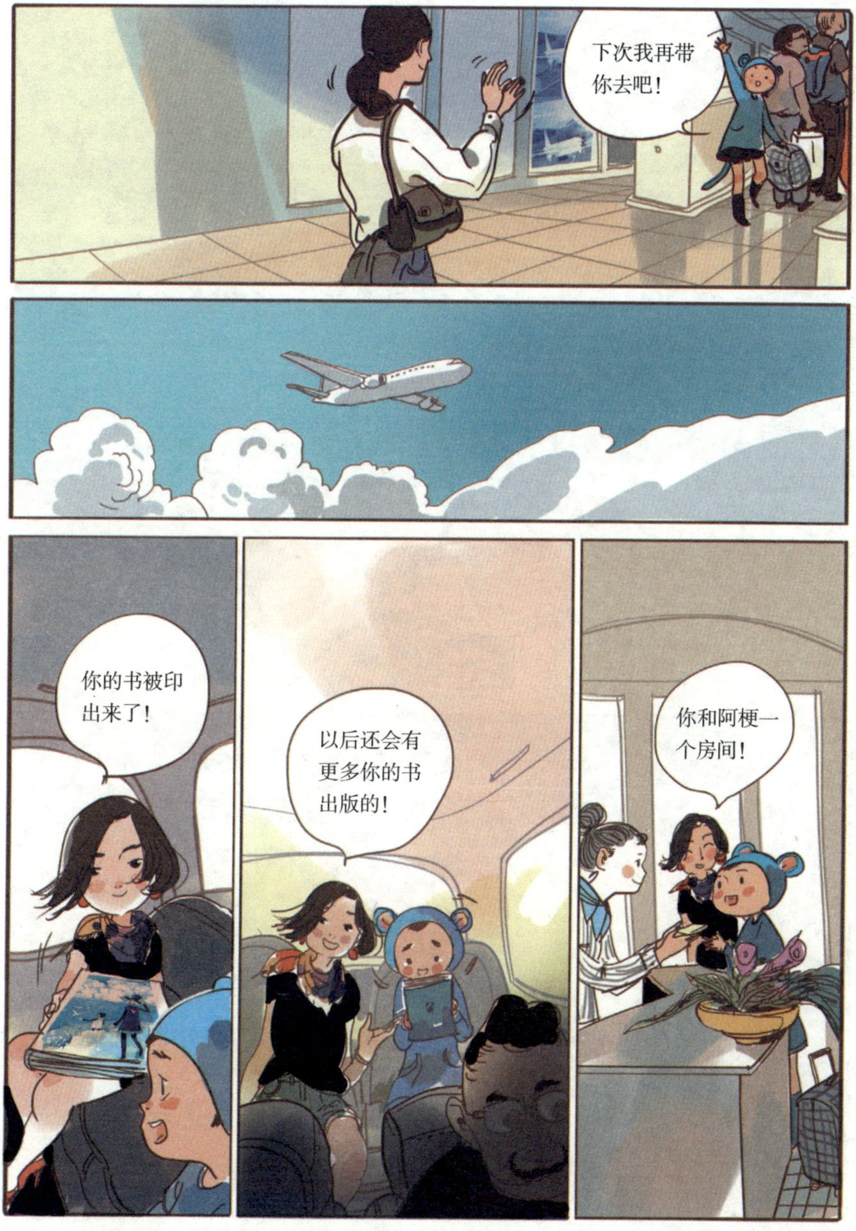
下次我再带你去吧！
你的书被印出来了！
以后还会有更多你的书出版的！
你和阿梗一个房间！

啊啊啊，中国原创漫画真是越来越好，今天真是太激动了！你睡了吗？你还没睡吧！你要睡了就告诉我啊！

我当时的心情，兴奋得跟打了鸡血一样，根本不管阿梗困得要死拉着她聊天到半夜三四点，第二天早上七八点又起来去参加活动。

嗯……

那一次才是我印象里的第一次和你见面！

辛苦你了！

那几天，我真的觉得非常幸福，因为从小一直就热爱着漫画，没想到有一天也能走入这个圈子，成为其中的一员，和他们站在同一个领奖台上。

那时候，我以为自己的人生就会这样一直幸福下去。

大二，我有了自己的第一本单行本，得到了一个沉甸甸的奖杯，我的人生第一次得到了认可。那时候我以为自己会一直开心地画着漫画，一直到老。

那时候的我以为，人生，不都应该直接就有一个幸福结局，然后就一直幸福下去吗？

一个月后。

255

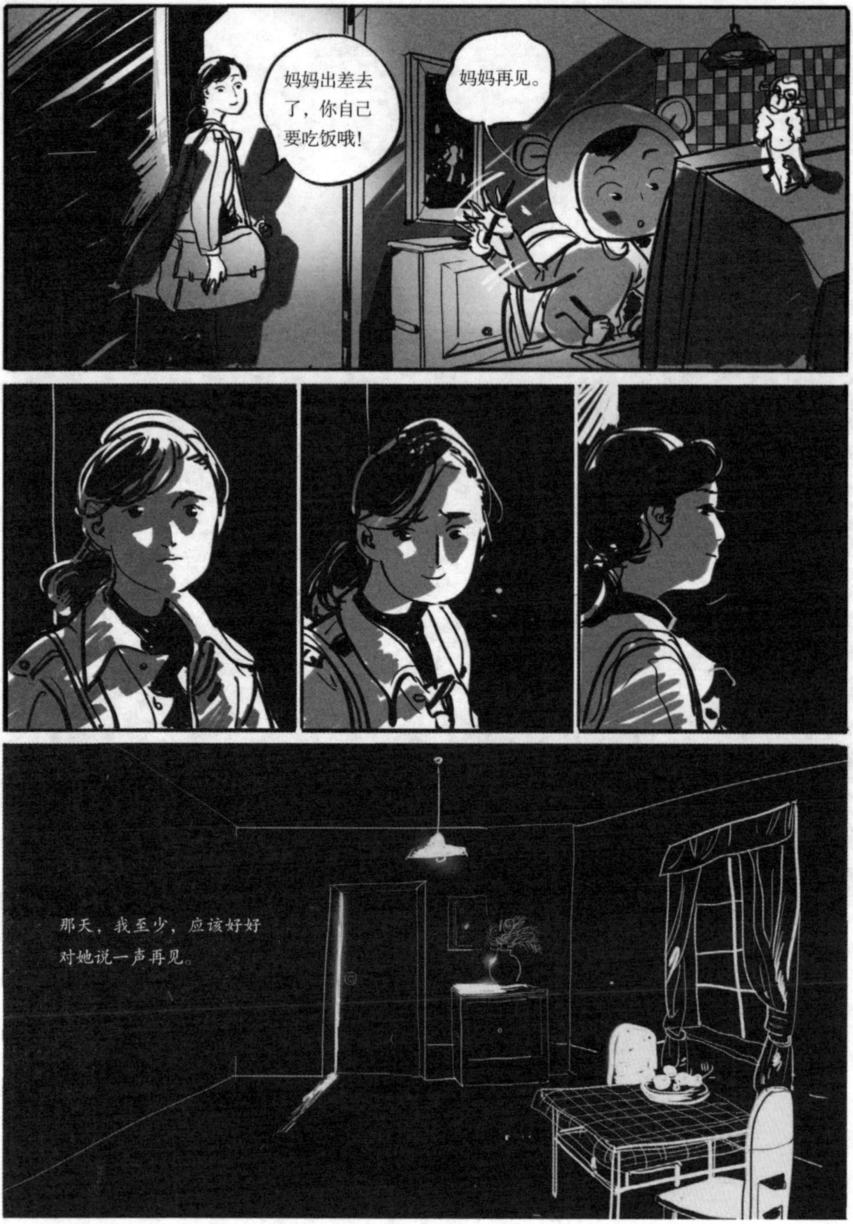
妈妈出差去了，你自己要吃饭哦！
妈妈再见。
那天，我至少，应该好好对她说一声再见。

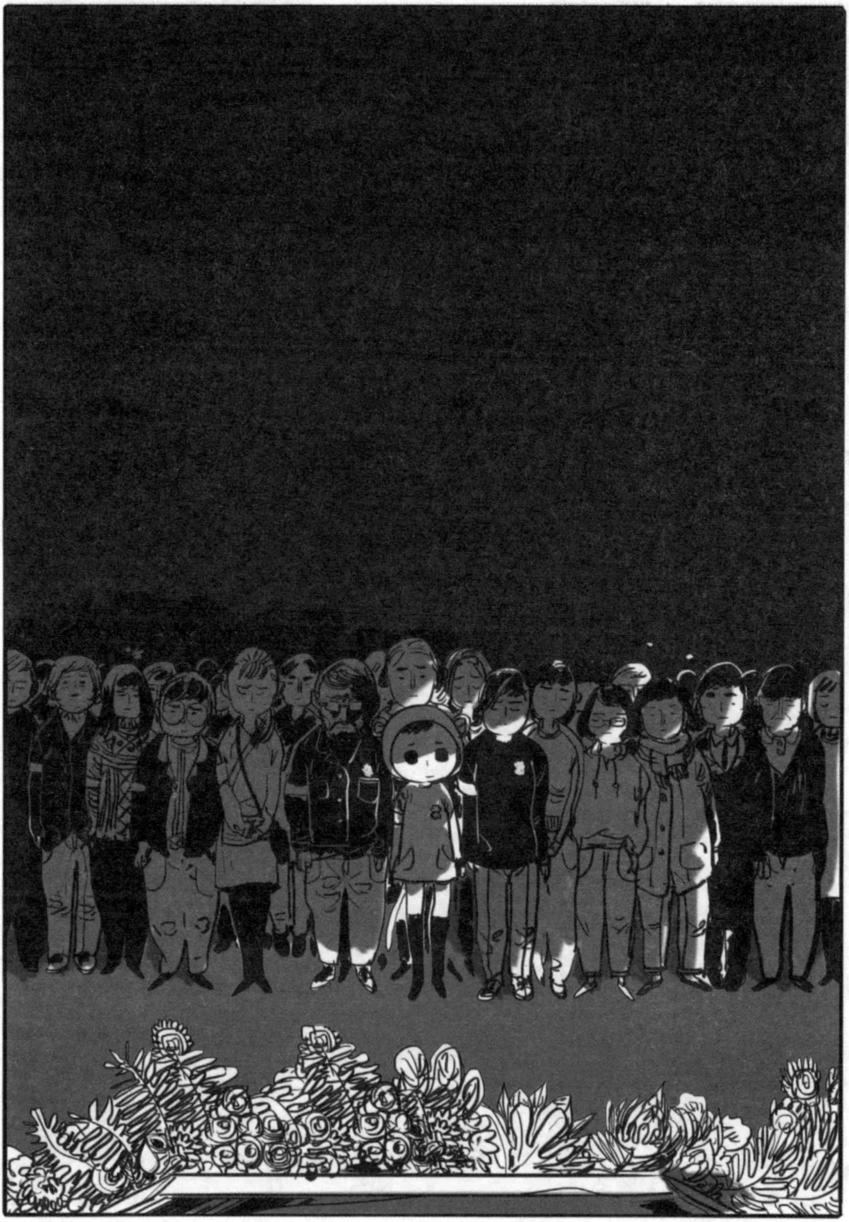

那个出租车司机第一天上路,非要超车,同车的幸存者还听到她对出租车司机说开慢点,别着急……哎,怎么会这样。

你看周庄的景色很不错呢。

在亲戚朋友的帮助下处理她的后事的细节,葬礼后舅妈带我散心的事,我统统都不记得。

我只记得自己一直画画,没有记忆。好像不画画,悲伤就会变成一头野兽将我吞噬掉一样。

时间会让一切伤痛都消失的。

我继续画着"MY WAY"系列，等待时间渐渐治愈一切。

我说服自己相信，只要好好地活着，幸福地生活，画出更多好的作品，在天堂的母亲才会安心。

我特别后悔，那一年去北京领奖，她说想和我一起去，我没有答应。

让我和你一起去嘛！女儿第一次得奖，我真想到现场看啊！

不要嘛，第一次领奖还带着妈妈……我又不是小孩子！

大学毕业后，我从成都搬到了北京，那时我已经出版了自己的第三本单行本，它们都很畅销，我更加坚定地以创作为终生职业了。

2005年的时候，我的作品开始在欧洲出版。常受邀到欧洲参加各种书展。那时的我从未想过自己会在这条道路上走得这么远。

借此，我去了很多很多国家旅行，看了那些小说里胡旭大叔从小就向往的美术馆，也去了林晓路心中的圣地——巴塞罗那的圣家族大教堂。

原作真是太美了！

在人潮汹涌的圣家族教堂里，我曾一个人站在角落里哭。也许路过的人都会以为我是失恋了或者恋人死掉了的烦恼少女。

可我不明白自己为什么会哭。像是走过了漫长的黑暗时期，忽然发现自己已经站在阳光里，又感激，又悲伤的百感，不明白原因，只是很想哭而已。

不久后，我看到一个新闻，一个成绩优秀的孩子，因为小小的挫折就自杀了。她的母亲悲痛欲绝。
我不认识那个孩子，却一个人坐在沙发里哭。
妈妈那么好的一个人，那么想活下去，却死了。一个活着好好的小孩子，却因为不够优秀之类的小事就结束了自己的生命。

可我有点懂她的心情。因为很小的时候，我也有不想活下去的时候。

十几岁的时候,我心中装着满满的自怨自艾的悲伤,觉得活着又辛苦又艰难。甚至觉得自己死掉也无所谓。

那时的苦难,和后来经历的一切相比,真是渺小到有点可笑。

你就是个没出息的废物!

可十几岁的心灵,有属于那个年纪特有的对世界的不理解感,有年轻的心脏装不下的悲伤,有对未来的恐惧。可惜成人常常就会忘了年幼时的恐惧。如果有人可以对那个孩子说:"别放弃,一切都会好的。"她的命运会不会改变呢?她如果活着,长大后也许会觉得当时让她觉得活不下去的事情,只是很无聊的小事而已。

我曾经那么自卑，平凡得根本没有人记住，脾气糟得可以让全班人都讨厌我。可，一个人，一点点地努力，毫不畏惧地朝未来走去，居然，有那么多人喜欢我的画。

我忽然明白，站在圣家族教堂里的时候，我哭，是不是因为很想回到过去，告诉在对未来的恐惧中的，在黑暗的童年中的自己说："别担心，一切都会好的。"

别担心，一切都会好的。

写下这个过程吧！也许对这个世界并没有很大帮助，但也许，会有很多曾和你一样，并不知道自己拥有很大力量的林晓路那样的孩子，正在破蛹而出前的黑暗里挣扎着。

不过记得把它写得有趣一点，不要写成苦大仇深的说教！

好。

这个故事，只是我生命里的一小段时光。
我曾经很自卑，卑微得你永远也记不住我的样子，现在我站在坚实的土地上，大声地笑或者吵闹，一路奔跑着不停留，欣喜地看着一路的景色，经过一座座城市，遇见又告别一张张面孔。有人说，他们很羡慕我，拥有自由，可以做自己喜欢的工作。原来，那样的一个我，蜕变之后，是可以被羡慕的。
少年时候的我对陌生的一切的恐惧，经过发酵，变成了现在心里的力量。而我还是看到那么多不快乐的少年，并不知晓自己的心正在黑暗中闪闪发光。所以我想写一本小说，把一个蜕变的过程与你分享。
书里的人和事，虽然只是现实投射在创作里虚幻的影子，但生命的曲线蜿蜒过那里的时候，那些心情，是真实存在的。就算破茧而出后，磨难才刚刚开始，也不用害怕，等待快乐或痛苦都沉淀下来，就会变成今天跳跃在掌心里的阳光，漫溢在我心里。
我想，把这温度轻轻地放在你的手里，我们都将孤独地长大，不要害怕。:)

2008年冬天，我在北京又一次见到阿梗。
真希望有贴近生活的青春漫画题材可以画呢，现在这样的脚本真少。
我写了一部小说，觉得也许很适合你画。
哦哦！
你回家慢慢看，不用着急告诉我答案！
一个星期后，阿梗打来电话。
阿梗吗？

我好喜欢这个故事！我小时候也被“恶势力”欺负，然后奋起反抗大打出手，喜欢画画爱幻想，总觉得被窝里边有妖怪，宇宙外边有神仙，喜欢阳光喜欢发呆！我要画！
等一下有人敲门。
那就来画吧！
开始我们用了一个月住在一起，了解对方的创作习惯，对人物设定和脚本进行反复讨论。
这个月我们住在一起对创作比较有利！
好……
好乱……
嘎！

这个合作，到现在已经持续了五年。

这个家伙怎么还不走！

小说中出现过的地方，我们都去了实地取景。
成都，北京，上海，巴塞罗那，尼泊尔，巴黎……
那些风景，最后也被我们画入了漫画里，写入了再版的小说里。

林晓路的故事，在这里，也许就要完结了，但生活中我们的故事，还在继续。

今年夏天，当年我因为过去遗漏办理的手续遇到麻烦的时候，打了电话给妈妈的朋友，她们立刻从很远的地方赶来帮忙。

麻烦您跑那么远来帮忙真不好意思。

那个阿姨却像久别的亲人般对我很好。告诉我那一年当我第一次出书的时候，妈妈多么为我骄傲。

你是她的女儿啊！有任何需要我们当然会帮忙！

那个阿姨告诉了我很多妈妈的故事。

这些年举办同学会,大家说起你妈妈,都会笑着流泪。她那么活泼开朗,又能干。

出第一本书的时候,她高兴得不得了……她要是能看到你现在这么幸福,一定也安心了。

谢谢您告诉我这些。

我终于想起，妈妈在异地出车祸后，法律规定只能在车祸地点举行葬礼。在那么远的地方匆忙举行的葬礼，却去了那么多人。她的同学，曾经的同事，她所有的朋友，坐满了整个礼堂。

十年过去了，这些人依然记得我妈妈，记得她的开朗活泼，记得她曾热情地活过。那么多人都想念着她。

那时，我终于明白，撑着我走了很多年的，是她给我的，从未消失的力量。

但愿,我们总有机会用最平和的心情去回望过去,
记住匆忙路过我们生命,
来不及珍惜的时光,来不及珍惜的人。
然后,迈开脚步,没有遗憾地继续走下去。

·完·

图书在版编目(CIP)数据

踮脚张望/ 寂地著.—重庆：重庆出版社，2014.6
ISBN 978-7-229-08073-0

Ⅰ.①踮… Ⅱ.①寂… Ⅲ.①长篇小说—中国—当代
Ⅳ.①I247.5

中国版本图书馆 CIP 数据核字（2014）第 107425 号

踮脚张望
DIANJIAO ZHANGWANG

寂地 著

出 版 人：罗小卫
责任编辑：郭　宜　余音潼
责任校对：李小君
项目统筹：吴鹏姣
特约编辑：龚颖淳
装帧设计：张　树

重庆出版集团　出版
重庆出版社

重庆长江二路 205 号　邮政编码：400016　http://www.cqph.com
重庆市豪森印务有限公司印刷
重庆出版集团图书发行有限公司发行
E-MAIL:fxchu@cqph.com　邮购电话：023-68809452
全国新华书店经销

开本：890mm×1 240 mm　1/32　印张：8.625　字数：200 千
2014 年 8 月第 1 版　2014 年 8 月第 1 次印刷
ISBN 978-7-229-08073-0
定价：38.00 元

如有印装质量问题,请向本集团图书发行有限公司调换：023-68706683

版权所有　侵权必究